HERBSTGEDICHTE UND -GERICHTE

FRITZ ECKENGA

Hauchte nicht Geheimrat G.,
zwischen Faust, Part One and Two,
irgendwas mit, Loch im Schuh /
bald spürst du den Herbst im Zeh'?

Herbstgedichte, ungezählte,
meines Wissens maxte Frisch,
täglich Dutzende vom Tisch,
wenn ihn der Oktober quälte.

Poesie, im Herbst vernichtet,
im November rumpelt's rum,
rumms, da fiel die Mauer um,
von Bumms Biermann hingedichtet.

Herbst, machst manchen fiesen Riemen,
wenn der Storch nach Süden flieht,
wenn es Grass im Zipfel zieht,
güntert's grässlich im Intimen.

Allerdings gibt es auch gute,
manche lesen sich von selbst,
dieses hier von Jandl: „Helbst /
Brättel, Neber, Ute, Schnute."

Doch die besten Herbstgedichte
stammen nicht aus schwerem Kopf,
schmoren vielmehr längst im Topf:
Häuptlings leichte Herbstgerichte.

Die Zeichnung von

JUBILÄUM!

Keine Sorge: Auch in der Jubiläumsnummer, der 25. Ausgabe von Häuptling Eigener Herd, testen seine Autoren keine Trüffelhobel.

Es gab wie immer Wichtigeres zu tun, wie auch schon in den 24 Häuptlingen davor. Statt uns mit den neuesten Trends in Golfhotelküchen, ritualisierter Besseresserei und Rezepten für cholesterinfreie Salate aufzuhalten, haben wir uns in der Vergangenheit deshalb lieber mit Salz beschäftigt und mit Fetthysterie, mit Nematoden, Fußballstadionkost, Gewürzesoterik, Aalsuppe, Küchenunfällen, Eiern, Gefängnisfraß, Kuhleasing, Mutterkorn, Eiscreme – und dabei selbstverständlich längst noch nicht alles erzählt, was es über das Essen und Trinken zu berichten gibt.

Dasselbe gilt für die Illustratoren des Häuptlings, deren Bilder immer wieder zeigen, wie komisch Kulinarik sein kann. 24 Zeichnerinnen und Zeichner haben uns bisher unter anderem mit renitenten Krautwickeln, nachlässigen FKK-Grillern oder „Pommes Borussia grün-schwarz" bekannt gemacht. Marcus Weimer, dessen „Häuptling Eigener Herd" namensgebend für die Zeitschrift war – das Bild zeigt einen schneidersitzenden Indianerhäuptling auf geöffneter Ofenklappe – nennt diese großartigen Arbeiten mit dem für Zeichner so typischen Understatement schlicht „Essenswitze".

Wir sind stolz, dass die Kasseler Galerie für komische Kunst, die „Caricatura", nun aus Anlass des Heftjubiläums eine Auswahl dieser Essenswitze in einer Ausstellung präsentiert. Wir freuen uns, dass sich so viele Häuptling-Zeichner erneut ans Werk gemacht haben, um diesen Band gemeinsam zu bebildern. Und wir bedauern, dass wir nie wieder mit Bernd Pfarr und F.K. Waechter werden feiern können.

Versprochen: Wir werden auch in Zukunft keine Trüffelhobel testen. Sollte aber einer von uns einen Wettlauf gegen ein Trüffelschwein gewinnen, wird er im Häuptling davon erzählen – selbstverständlich erst, nachdem er sich die rare Knolle einverleibt hat. In der tuberfarbenen Ausgabe 35, vielleicht – und ganz sicher mit vielen komischen Trüffelzeichnungen.

Carola Rönneburg, Redaktion

Caricatura –Galerie für Komische Kunst im KulturBahnhof Kassel.
Bahnhofsplatz 1, 34117 Kassel, Tel. 0561-776499, www.caricatura.de
Die Jubiläumsausstellung Häuptling Eigener Herd läuft vom 19. November 2005 bis 22. Januar 2006. Donnerstag und Freitag 14-20 Uhr, Samstag, Sonntag und an Feiertagen 12-20 Uhr

363
Personal only!
BROT
BROT-VON-VORGESTERN-WEG
BECK

TIERBLUTMETAPHERN IM KÜHLSCHRANK

RAYK WIELAND

„In der Alkoholforschung wird unterschieden zwischen Weinländern und Bierländern. Frankreich und Spanien sind klassische Weinländer. Deutschland ist eigentlich ein Bierland gewesen. Tschechien ist ein Bierland. Österreich ein Wein- und Bierland. Und die DDR war ein Spirituosenland."
Thomas Kochan, Historiker

Irgendwie ist alles weg. Verschwunden. Verschollen. Vorbei. Die Anfänge meiner bescheidenen Trinkerkarriere in der DDR, sie liegen komplett im Dunkeln. Ich weiß nichts mehr. Eine Mauer im Kopf, ein antialkoholischer Schutzwall, versperrt die Reise ins Niemandsland der Vergangenheit. Was stand da im Regal? Wie schmeckte das Zeug? Wie sah das aus? Wo sind sie hin, die Weine, die wir flaschen- und reihenweise leerten, den Korken gleich nach innen drückend, wenn Eile geboten und kein Öffner da war? Wo sind sie geblieben? Und wie hießen sie noch mal gleich?

Atlantis calling. Wie bei frühen Kindheitserinnerungen sehe ich Bilder. Ich sehe Flaschen. Einen Haufen Flaschen. Ein ganzes Feld von Flaschenhälsen, aufgebaut vor meiner Zimmertür auf dem Dachboden. 20 Jahre ist das jetzt her. Wer mich besuchte, musste sich einen Pfad durch diese Flaschen bahnen, und am Ende des Besuchs stellte man eine, zwei oder drei neue leere zu den anderen. Ein grünes, stilles, leicht angestaubtes Meer, manchmal illuminiert von den durchs Dachfenster einfallenden Sonnenstrahlen. Ich sehe eine nächtliche Straße und folge ihr, überall liegen Kleidungsstücke, erst eine Jacke, dann ein Hemd, eine Hose, schließlich führen die Spuren in ein Haus, auf der Treppe Socken, und oben in der offenen Tür, mitten auf der Schwelle zur Wohnung, liegt ein Mann, nackt, und schläft, eine Flasche Wein fest von der Hand umklammert. Ich?

Magisches Wort: „Goldberyll“. Das Bild ist verschwommen, aber ich erkenne das Etikett einer Flasche, welche die Bedienung im Spitzenschürzchen mir vor die Nase hält. Ich sitze mit der Geliebten im Restaurant, nein: in der Gaststätte. Ein weißes Tischtuch, gebügelt, ein Aschenbecher in der Mitte und daneben zwei Weingläser, Tulpen auf einem wulstförmigen Stengel aus grünem Glas. „Wer von Ihnen darf probieren?“, flötet die Kellnerin. Dieweil ich am Wein nippe, bezieht sie, einen Arm hinter dem Rücken gewinkelt, Posten am Tisch. „Und? Zufrieden?“ Ich weiß die Antwort nicht mehr.

Ich bin nicht einmal sicher, ob es wirklich Wein war, was wir da tranken. Das Paradies – so hieß ein „Fachgeschäft für Spirituosen“ in Ostberlin – hat dichtgemacht. Der Stoff ist weg und dem Zugriff der Nachwelt entzogen. Man kann das alles nicht mehr postverkosten. Die Erinnerung lässt sich nicht scharf stellen. Der Kaffee war ja auch kein Kaffee. Die Autos keine Autos. Der Kommunismus kein Kommunismus. Warum sollte der Wein Wein gewesen sein?

Was man weiß: Wie Marcel Prousts Erzähler eins von den kleinen Sandtörtchen nascht, „Petites Madeleines“ genannt, und wie er in der Sekunde, da es seinen Gaumen berührt, zusammenzuckt und von einem unerhörten Glücksgefühl durchströmt wird, das mit einem Schlag, er vergleicht es mit der Liebe, die Wechselfälle des

Lebens gleichgültig werden lässt, seine Katastrophen ungefährlich, seine Kürze imaginär, und das ihn erfüllt mit der köstlichen Essenz der Erinnerung. Was ich nicht wusste: wie mir geschieht, wenn ich die Flasche „Balkan-Feuer“, die seit einer Ewigkeit im Keller herumliegt, hervorhole. Ein bulgarischer Dessertwein, rot, aus Karl-Marx-Stadt, EVP 5,90 Mark, lese ich auf dem Etikett, bevor ich die Flasche öffne (der Korken, grauschwarz, flutscht raus wie geölt), mit der Nase eine Duftprobe nehme, die schwerste Harztöne meldet, und dann... oha... das soeben beinahe sogar herunterschluckte Gebräu in einem beachtlichen Bogen möglichst weit von mir weg in die Kellerecke spucke.

Die Weine aus den eigenen Anbaugebieten um Meißen und Freyburg gab's praktisch nicht im Handel. Was es gab, waren Importe, aus Ungarn, aus Bulgarien, aus Rumänien, den eher subklassischen Weinanbauländern. Jahrgang, Lage, Rebsorte spielten da keine Rolle. Allein die Erwähnung dieser Begrifflichkeiten ließ einen als Mann von Mondänität erscheinen. Wein war eben Wein, mehr nicht. Ein Wort wie „trocken“ verwies auf gehobenes, schon den Dünkel streifendes Vokabular. Süß oder nicht so süß, das genügte.

Ein paar Namen immerhin stellen sich ein: „Blaustengler“ – bitter. „Grauer Mönch“ – Name gleich Programm. „Muskateller“, „Muskat Ottonell“ – das waren auf Ungarisch verschnittene Weinderivate aus der Muskatnuss. „Lindenblättriger“, „Eselsmilch“ – tja, wie die wohl schmeckten? „Cabernet“, „Pinot noir“ – Roweine, die runtergingen wie kalter Kaffee. „Cotnari“ und „Murfatlar“ – rumänischer

Spitzensud. „Rosenthaler Kadarka“ – gab’s seinerzeit schwer, eine süße rote Molke. „Saalhäuser Sonnenwinkel“ – mein Lieblingswein, Saale-Unstrut, kaum erhältlich, und ich erinnere nicht mehr, wie er war, wahrscheinlich wie verflüssigte Bonbons.

Wohl wird der Geschmack dieser verschollenen und für immer verflossenen Weine nie mehr beweiskräftig rekapituliert werden können – die ihn wie ein Schlagschatten begleitenden Kopfschmerzen kann ich präzis erinnern. Es gab nicht nur die normalen Suff-Kopfschmerzen, sondern man hatte zusätzlich Bonus-Kopfschmerzen, die einen am Morgen begrüßten. Sie waren immer da, eine schier logische Begleiterscheinung. Zement im Kopf. Hinter der Stirn rotierte der Mischer, während im Nacken Plattenbauten einstürzten. Überlagert wurde dieses unerfreuliche Szenario von einem immensen Großbrand, der allerdings nicht zum Zuge kam, weil die Übelkeit doch stärker war und sämtliche Wegerechte für sich reklamierte. Ein ganz gewöhnlicher Kater? Vielleicht. Aber es war, ohne Zweifel, ein Riesenvieh.

Die Archive schweigen. Nicht einmal auf die Stasi ist Verlass. In den Akten, die mir vor ein paar Tagen zugeschickt wurden, Post aus der Vergangenheit, ein banales Bündel Papier aus abgetaner Zeit, befleißigt die Stasi sich zwar einer kompletten Mikroskopie meines Alltags, doch der Wein, den ich damals trank, entzieht sich ihrer Kognition. Stattdessen volle Pulle Subtextexegese eines meiner frühen Gedichte:

Niemandslied

Auf- und abschwellender
Lärm ist der Tag
Mattes Licht Schweiß
Gesundheit Gelaber Gewäsch

Zerknülltes Käsepapier
Kinder Kampf Revolution
Korkbrösel kackende Taube
Und Flaschen mit Stierblut im Kühlschrank

„Stierblut", das ist ein Rotwein. Für die Stasi ist es eine Metapher. In einem „Übersichtsbogen zur operativen Personenkontrolle" vermerkt sie: „Der W. bringt in Form von Gedichten eine ablehnende Haltung zu bestimmten gesellschaftlichen Verhältnissen zum Ausdruck und verbreitet diese in seiner Umgebung. So in dem durch IMS sichergestellten Gedicht ‚Niemandslied', das eine Verleumdung und Diffamierung der revolutionären Errungenschaften darstellt und sogar vor Tierblutmetaphern nicht haltmacht." Hochinteressant. Eine Verleumdung und Diffamierung des Rotweins liegt offenbar nicht vor. Das ist ein Anhaltspunkt. Aber sowohl die Stasi als auch der Lyriker verabsäumen die konkrete vinologische Bewertung des Weines. Wonach schmeckte das Zeug? Nach Blutwurst?

Womöglich ist, in Abwandlung des „Rebirthing", mit einer Art „Reboozing" eine Zeitreise zu den ewigen Flaschengründen der VEB

Weinwirtschaft der DDR zu unternehmen. Ich will es versuchen und breite ein *Neues Deutschland* auf dem Boden aus, lege mich rückwärts darauf und beginne, zu hyperventilieren. Dunkelheit umfängt mich, ein Tunnel, an dessen Ende ein Licht aufscheint. Es kommt näher, und ich realisiere, dass ich mich, tatsächlich, in einem Flaschenhals befinde. Gleich werde ich eintauchen in den kleinen See. Kneipengebrabbel ertönt, Wortfetzen: „Rosenthaler Kadaver", „Blutiger Mönch", „Trinkers Flatulenz". Grün schimmert der Horizont an den Ufern des Weins. Wie schön es hier ist! Ich springe hinein und schwimme ein paar Runden. Glücksgefühle. Ich bin frei. Gern würde ich ertrinken, aber das geht irgendwie nicht. Der Wein ist wie Luft. Er hat sich in Luft aufgelöst! Mit einem Urschrei katapultiere ich mich aus dem Flaschenhals und finde mich auf den Dielen der Tatsachen in der Zimmerecke wieder.

Manchmal mag es hilfreich sein, den Phänomenen von weit weg, von außen, mit dem ganz anderen Blickwinkel zu begegnen, und gleich sieht man klarer. Außerirdische ließen sich seinerzeit in der Zone nicht blicken, nur Westdeutsche. Um einen Vergleichsmaßstab zu haben, mit dem das Weltniveau des Weins in der DDR historisch gerecht zu verorten und angemessen zu würdigen wäre, sind die Besucher von drüben goldrichtig. Denn hin und wieder brachten sie ein paar Flaschen mit, die mit entzückten Ahs und Ohs feierlich geleert zu werden pflegten. So wie mancherorts Plastiktüten von drüben aufgebügelt und jahrelang spazieren getragen wurden, gab's auch Leute, welche die Etiketten von den heiligen Flaschen ablösten und sich ehrfurchtsvoll in die Küche klebten. Ich sehe noch deut-

Ich wollte Ihnen Rotwein anbieten, leider ist der Witz nur in Schwarz-Weiß.
RÜRUP

lich den Schriftzug: „Kröver Nacktarsch". Wo das war? Bei mir zu Hause etwa?

Der Publizist Johannes Gross verwunderte sich einmal darüber, dass die Deutschen den Pinot Grigio ästimierten, wo doch das Leitungswasser hierzulande so formidabel sei. Das ist der Schlüssel. Bekanntlich war das Leitungswasser in der DDR alles andere als berauschend. Griffen die Leute deshalb, aus der Not eine Untugend machend, zu „Goldberyll"? Oder ist es vielleicht plausibler, umgekehrt anzunehmen, dass vorab, und zwar ohne ersichtliche Dringlichkeit, sich der „Goldberyll" wie nichts Gutes einverleibt und erst am nächsten Morgen, zwecks Bekämpfung der biblischen Dürre im Schlund, mit Leitungswasser nachgelegt werden musste? Um anschließend den schalen Geschmack des Wassers mit einem Schluck aus der Pulle wieder vergessen zu machen? Und auf diese Weise die fragile Balance der Mangelwirtschaft stets neu zu justieren? Ja: So könnte es gewesen sein. Nein: Pinot Grigio kam auch in der DDR nicht aus dem Hahn.

Wenn Wein in der DDR zwar nur eine Metapher für Wein war, den es nicht gab, eine Art Blackbox, die nur an den Gesichtsverschiebungen der Trinker erraten ließ, was in den Flaschen steckte, gab es doch Kennerschaft, die auf sich hielt und sich gewissermaßen ex negativo bildete. Diese Kennerschaft bestand vor allem im Wissen um Weine, die unbedingt gemieden werden mussten. Berüchtigt war die Weinkellerei Neubrandenburg. Weitab von jedem Weinanbaugebiet gelegen, rührte man hier alles Mögliche zusammen,

Hauptsache mit Glykol. Das Resultat war eine selbst für DDR-Verhältnisse ungewöhnlich schmierige, uringelbe Brühe, die nach dem Rost im Stahltank und ansonsten nach einer Spätlese von Rübenabfällen schmeckte. Schon beim Trinken begann der Betonmischer im Kopf zu rumpeln. Namen, Namen – was stand auf den Flaschen? Ich erinnere eine blumige, rustikale Schrift, die sich mit opulenter Girlande über das Etikett schwang. „Winzers Privileg"? In der Richtung jedenfalls. Oder, genau, „Küfers Referenz". Die Genitiv-Weine. Höchste Alarmstufe. Es bestand nicht direkt Erblindungsgefahr, aber nur Blinde griffen arglos nach dem Gesöff.

Geschmacksdesaster hin, Riesenkater her – selige, weinselige Stunden waren dennoch nicht rar. In der Hinsicht ist der DDR wahrlich nichts vorzuwerfen, die Bürger standen immer gut im Stoff. Die Trinksitten waren dabei angenehm egal. Ob Bier, Wein, Korn, Cognac, Wodka oder Wermut – alles hatte seine Berechtigung und wurde hierarchiefrei und umstandslos vertilgt. Niemand musste sich in den Keller bemühen, um den „besonderen Jahrgang" aufzutischen. Keine Nachschlagewerke waren nötig, um den Traditionsreichtum des „Mehrfruchttischweins hell" namens „Freiberger Favorit" zu belegen. Auch aufs Dekantieren konnte lässig verzichtet werden. Welcher Wein zu welchem Essen – die Frage stellte sich nicht. Über all das war man im Arbeiter-und-Bauern-Staat hinaus. Man hatte andere Sorgen. Und das nicht zu knapp.

Ampelmännchen, Spreewaldgurken, Wolfgang Thierse – einige Kreationen aus der DDR haben die Wiedervereinigung schadlos überstanden. Der Wein gehört glücklicherweise nicht dazu. Nicht einmal die Kaufhallenregale, in denen er einst aufgereiht war, stehen noch. Die Betriebe, die ihn produzierten, sind aufgelöst. Das ganze stolze Land, das sich mit diesem Wein die Kante gab, hat aufgehört zu existieren. Sogar der Müll ist nicht mehr da. Wer heutzutage durch den Wald spaziert, wird im herumliegenden Abfall vergeblich nach den sterblichen Überresten des DDR-Weins suchen. Wie beim perfekten Verbrechen gibt es keine Spur, keinen Hinweis. Und nur Zeugen, die schweigen, die sich nicht erinnern können, keine Ahnung haben, von nichts wissen. Irgendwie ist alles weg. Verschwunden. Verschollen. Vorbei.

VINO UND DINO – EINE VERNEIGUNG

WIGLAF DROSTE

Küchentag, hurra! Es gibt ein Brot mit Schinken, katalanisch, und ein Glas Rotwein, auch nicht schlecht, toskanisch. Aus dem Küchenkassettenrekorder singt Dean Martin: „It's knowing that your door is always open and your path is free to walk, that makes me tend to leave my sleeping-bag rolled up and stashed behind your couch." Das Stück, „Gentle on my mind", ist ein niemals fehlgehendes Mittel gegen jeden Anfall von Verdrießlichkeit. Wenn man dieses lässige, entspannte, sonnige Säuseln mit einem Tupfer Olivenöl auf dem Timbre hört, glaubt man sofort, was Dean Martins Frau einmal über ihn sagte: „Es gibt niemanden, der so charmant nichts tun kann wie Dino." Das klingt höchst erstrebenswert, aber eben, und darauf kommt es an, ohne streben.

So gut, dass ich wirklich gar nichts tun könnte, bin ich noch nicht. Irgendwo zwackt und piesakt er fast immer, der Tuwas-Teufel. Es gibt aber Tätigkeiten, die immerhin nicht gleich den Terror der Hyperaktivität verbreiten: über den Markt gehen, alles begneisen und beschnuppern, anfassen, kosten, sich inspirieren lassen, die schöne Idee, mit was exakt man die Gefährtin in Kampf und Mampf beglücken wollte, eventuell noch einmal variieren. Einkaufen, kochen, füttern, tränken, plaudern und was den Abend sonst mit Freuden füllt – das ist archaisch, dabei kommt man sich nah. Es ist die Basis für tieferes Glück.

Der Tim-und-Struppi-Rucksack ist gut angefüllt, beim Pesto Ligure wird nicht, wie schändlicherweise üblich, an Pinienkernen und Parmesan gespart werden; der Mörser wartet schon. Vorher geht es an den Wein. Erika Baierls Keller in Kreuzberg heißt „alles fließt" und bietet ökologische Weine, in die ich dereinst eingelegt werden möchte. Jammi, ist das gut! Los geht es mit dem Champagner von Fleury – feinfeinfein, keine Massenrülpsbrause, die proletisch „Schampus!" heißt und von Rennfahrern ohne Hirn und mit mehr oder weniger viel Bananenkinn grinsend geschüttelt und verspritzt wird. Der Weiße zu den Gnocchi al pesto wird ein kräftiger 1998er Chardonnay „Albet i Noya" aus dem Penedès sein, dem zum Maishühnchen auf buntem Gemüse der 1998er Tempranillo Crianza „Vega Valterra Utiel Requena" folgen wird, ein echtes Beerenwunder. Das eingelegte Blök-Schäfchen mit ligurischen Rosmarinkartoffeln erfreut sich der Gesellschaft des 1995er „Clos du Jonguas Gigondas", und der Ziegenfrischkäse vom Ziegenhof Canadi in Bad Urach-Wittlingen gleitet mit einem 1999er „Janson Bernhard"-Gewürztraminer aus der Pfalz so geschmeidig in die letzte Magenlücke, dass der finale Glücksbringer, der 1998er „Chateauneuf-du-Pape" der Domaine Pierre André, erst sehr viel später mit einem Camembert très Skunk und danach einem kubanischen Zigärrchen den lukullischen Teil des Abends krönen kann.

Wenn man anschließend noch die Kraft zum Ausgehen findet, liegt Berlins mit Abstand schönste Bar einen guten Fußweg entfernt: das „Bellman", benannt nach dem begnadeten Dichter, Sänger und Säufer Carl Michael Bellman, ein Platz, an dem es niemals schlechte Musik gibt, und an dem Stil ein Zuhause gefunden hat. Was Andreas Schmidt und seine akkuraten Kräfte ausschenken, macht glücklich – wie der Pinord-Cava „Marrugat Brut nature", ein Gran Riserva

TIL
WIR WOLLEN UNS EINEN BALLERN. KÖNNEN SIE DA WAS EMPFEHLEN?

1997 aus dem Penedès, der manchen guten Champagner ganz leicht aus dem Feld schlägt.

Nach dem himmlischen Schwelgen in Musik, Getränk und Sichverstehen kann man, Lippen, Zungen, Herzen und Seelen ineinander verschlungen, nach Hause taumeln, dem Himmelbett entgegen. Und vor dem letzten Schlummerschluck für den Sänger, Schauspieler und Charmeur Dean Martin noch einen Vierzeiler dichten, ihm zum Andenken, und uns zum Leben:

Immer ein Glas, das richtig gut schmeckt
Dabei niemals blöde strunkelig sein.
Schön singen. Küssen! Dann wieder: Wein.
Und vom Leergut leben. Das wär' perfekt.

TURBULENZEN HINTER DEM GLASRAND

THOMAS VILGIS

Als wir Anno dunnemals jeden zweiten Weihnachtsfeiertag Oma besuchten, gab es nach Kaffee und Kuchen noch einen Schluck Weißwein aus einem mit unzähligen Schliffen versehenen Kristallglas. Wein ist, gemessen an heutigen Standards, zu viel gesagt, aber was wurde in einer unwirtlich kalten Gegend nicht alles als Wein deklariert, solange sich das Getränk in länglichen Flaschen befand und einen Alkoholpegel zwischen sieben und zwölf Grad vermeldete. Derartige Kristallgläser jedenfalls hatten es Oma angetan, denn ihrer Theorie zufolge musste ein feines Getränk aus einem feinen Glas getrunken werden.

Wie schnell diese einfache Ansicht vergessen werden sollte, zeigt ein Besuch in einem besseren Restaurant, ein Blick in eine kulinarische Zeitschrift oder den Wohnzimmerschrank bei Familie Musteresser: Jeder Wein erfordert inzwischen offenbar sein speziell geformtes Glas, ausgestattet mit spezifischer Form und wohl ausgeklügeltem Feinschliff des Glasrands, Vertiefungen, Atemvolumen und so weiter. Der Glasfetischismus kennt kaum noch Grenzen. Bald, so scheint es, erfordert jeder Jahrgang desselben Weins sein eigenes Glas, um Regenmenge, Sonnenscheindauer und den Wetterbericht des Lesejahres voll zur Geltung zu bringen. Wie bescheiden allerdings der wahre Hintergrund dafür ist, lässt sich nur erahnen. Obzwar viele Gründe für eine derartige Glasvielfalt als logisch und unabdingbar verkauft werden, ist vieles davon Nonsens. Was sich ja im Elsass zum Beispiel zeigt, wo es in vielen Winstubs nur den grün gestielten, hochbeinigen und dickbäuchigen Kelch für alles gibt. Oder im Burgund, wo vom Aligoté über Pinot noir bis zum feinsten Chardonnay jeder Wein aus einem niedrigen, aber dickbäuchigen Glas geschluckt wird, das an einen Cognacschwenker aus der alten Dujardin-Werbung erinnert.

Allerdings lassen sich gewisse Fakten nicht leugnen. Dass ein reifer Bordeaux nicht aus einer Champagnerflöte getrunken wird, erscheint auch Laien einsichtig, denn in solchen schlanken Gebilden kann sich der Wein kaum entfalten. Eingezwängt in einen engen Schlauch, ist das Verhältnis zwischen dem Volumen des Weins im Glas und seiner Oberfläche völlig ungünstig. Zu wenig des Dufts gelangt in die Nase, selbst wenn ein Schluck des Getränks daraus auf der Zunge sensationelle Empfindungen auslöst. Was dem perlenden Champagner zugute kommt, ist für den reifen Roten tödlich. Es lässt sich also eine Reihe von Zusammenhängen erkennen, die die Eigenschaften des Weins und der Glasform zusammenbringen, damit das Glas als Vermittler zwischen Wein und den Sinnen seine Aufgabe übernimmt.

Beim Weintrinken arbeiten drei Sinne zusammen: Sehen, Riechen, Schmecken. Die Sache mit dem Sehen ist relativ einfach. Glas ist transparent und schon deshalb ein idealer Werkstoff. Beim Riechen wird es kniffliger, denn der Geruch des Weins hängt deutlich von der Glasform ab. Zum Weinschnuppern steckt jeder Weinkenner zuerst seinen Kolben möglichst tief ins Glas, um sich so ein Maximum an Aromen in die Nase zu aspirieren. Die freigesetzten Aromen hängen von der Glasform und dem Verhältnis zwischen Oberfläche und Volumen ab. Große Rotweine fühlen sich deshalb in den ballonförmigen, verkleinerten Goldfischbehältern aus dem Mickymausheft am wohlsten. Dort können aufgrund der großen Oberfläche viele Duftstoffe in die Umgebung gelangen. Durch die sich wieder verengende Öffnung und die kleinen Temperaturunterschiede von Wein und Glasrand entsteht eine Zirkulationsbewegung, die den Duft für eine gewisse Zeit gefangen hält, sodass Weinbeißer möglichst lange daran schnuppern können.

Weißweine brauchen diese Oberfläche zur Aromenfreisetzung auch, allerdings muss diese nicht so groß sein wie bei Rotweinen, was auch an der ohnehin niedrigeren Trinktemperatur liegt. Allerdings spielen duftstarke Weißweine, etwa aus der Traube des Sauvignon blanc gewonnene, einem dabei immer einen Streich. Das ist mittlerweile sogar wissenschaftlich belegt: Ein Team von HNO-Ärzten, offenbar selbst große Weinfans, ließ in einer Klinik Freiwillige ein und denselben Weißwein in je drei verschiedenartig geformten Gläsern riechen und schmecken. Die uneingeweihten Versuchstrinker sollten Intensität, Note und Qualität der Weine vor und nach dem Probieren beurteilen. Das einhellige Ergebnis: Geruch und Aroma der Weine ändern sich stark mit der Glasform. Am intensivsten roch und schmeckte der Wein, wenn er aus eiförmigen, sich leicht nach oben verjüngenden Gläsern getrunken wurde. Um Missverständnissen vorzubeugen: Keine Plörre lässt sich durch eine optimierte Glaswahl zu einem Grand Cru umglasen – lediglich die Qualität kann entsprechend hervorgehoben werden. Ebenso die negativen Eigenschaften: Wer jemals einen Aldiwein um 2,99 Euro aus verschiedenen Gläsern probiert hat, weiß auch sofort um die Berechtigung von Bernd Kreis' kürzlich ergangener Schelte der immer wieder ach so gelobten Discounterweine.

Beim Schmecken ist selbstverständlich wichtig, wie der Wein die Geschmackssensoren auf Zunge und Gaumen flutet. Ein trockener, im Barrique gereifter und somit tanninreicher Bordeaux spricht andere Bereiche der Zunge an als eine edelsüße Trockenbeerenauslese. Schließlich sind die Rezeptoren für die vier Grundgeschmacksrichtungen – süß, sauer, salzig und bitter – nicht gleichmäßig auf der Zunge verteilt, sondern nach einem biologischen Muster angeordnet. So befinden sich die Süßrezeptoren vor allem auf der Zungenspitze, während die Mitte und die Flanken eher für Saures zuständig sind. Also müssen die Gläser für die entsprechenden Weine so beschaffen sein, dass diese Bereiche zuerst mit dem Wein in Berührung kommen.

Selbst säurereiche junge Rheingau-Rieslinge erfordern eine relativ präzise Benetzung der Zungenmitte und -ränder, um die feinen Säuren schnell zu erfassen. Aber auch die Zungenspitze muss sofort geflutet werden, denn selbst die geringsten Restzuckeranteile dürfen nicht untergehen, sondern müssen umgehend erfasst werden. Nur so können Weinjournalisten und Sommeliers von einem ausgeklügelten Säure-Süße-Spiel sprechen. Dasselbe gilt auch für edelsüße Weine, nur muss die Zungenspitze zuerst angesprochen werden, dann die Ränder. Derartig hohe Anforderungen an den Fluss des Weines rufen sofort Strömungsmechaniker auf den Plan, die Glasrand und die Glasform gemäß Fließeigenschaften so berechnen, dass

PHILLIES
MEIN BESTER KUNDE! ER SÄUFT WIE EIN PFERD!

der Wein möglichst genau gelenkt in den Mund fließt. So gestalten sich Süßweingläser eben mit jenem geschwungenen, etwas nach außen gestülpten Rand, an den sich die Unterlippe anschmiegen kann. Dieser Schliff am Glasrand ist übrigens auch dafür verantwortlich, dass es zu keinem Strömungsabriss kommt. Der Wein fließt schön gleichmäßig, man nennt es laminar, auf die Zunge und in die Mundhöhle. Insofern sind Glasformen und der Schliff am Glasrand schon wichtig. Denn dies ist die wichtigste „Schnittstelle" von Strömungsdynamik und Sinnesreizung.

Derartig feine Schliffe und Formen sind für robuste Weine nicht notwendig. Im Gegenteil, der Wein darf und muss die ganze Zunge benetzen, damit eben auch die eher im hinteren Bereich am Zungengrund sitzenden Rezeptoren für Bitteres in Fahrt kommen. Deshalb sind Rotweingläser von einer ganz anderen Form und ganz anderem Schliff. Der Wein fließt dabei ziemlich turbulent und verwirbelt auf Zunge und Gaumen. Vereinfacht ausgedrückt, kann dies als Teekanneneffekt beschrieben werden: Es gibt Teekannen, die regelmäßig und unvermeidbar kleckern. Hier kommt es zu einen Strömungsabriss von einer laminaren zu einer turbulenten Strömung mit vielen Wirbeln. Ein ähnlicher Effekt ist für kräftige Weine erwünscht, denn so werden rasch alle Rezeptoren angespült.

Natürlich sind die Rezeptoren bei verschiedenen Personen immer etwas anders und individuell verteilt – genauso, wie genetisch festgelegt ist, wie viel Wein man verträgt, ohne gleich vornüber aus den Latschen zu kippen. Solche individuellen Unterschiede können von den Glasbläsern und Glasherstellern nicht erfasst oder gar berücksichtigt werden. Das ist aber nicht entscheidend, denn das direkte Schmecken auf der Zunge kann schließlich nur die vier Geschmacksrichtungen „süß, sauer, salzig und bitter" unterscheiden.

Aber nicht nur die Nase riecht, sondern auch der gesamte Nasen-Rachen-Raum, der Nasopharynx. Dazu sind Riechen und vernünftiges Schlucken notwendig, denn die auf der 37 Grad Celsius warmen Zunge freigesetzten Aromen wandern rasch im Nasen-Rachen-Raum umher und besetzen eifrig alle Rezeptoren, die sich wie ein engmaschiges Gitter im gesamten Mundraum verteilen. Das bei Weinverkostungen übliche „Schlürfen" verwirbelt den Wein mit Luft, er oxidiert und setzt weitere Aromastoffe frei, die heftigst an den Geschmacks- und Geruchspapillen rütteln wie einst junge und ungestüme Politiker am Tor zum Kanzleramt. Dabei gibt es wieder Einiges zu beachten. Bleiben wir beim Sauvignon blanc, der unsere Nase schon mit seinen feinen Düften einnebelte, nehmen wir davon einen Schluck aus dem dafür geschaffenen Glas und verwirbeln den Wein mit Luft und Speichel. „Wunderbare Mineralien!", müssten wir gleich ausrufen, aber je länger wir den Sauvignon blanc im Mund behalten, desto enttäuschter sind wir – und geneigt, den Wein vorschnell mit den Worten „verblasst zu schnell" zu kommentieren.

Dabei machte der Winzer von der Loire keinen Fehler. Schuld am relativ schnellen Aromenabbau ist unser Speichel. Dieser ist als die erste Flüssigkeit zur Verdauung angelegt. Er besteht aus jeder Menge von Salzen und Enzymen, etwa Amylasen, die bereits Kohlenhydrate abbauen, aber auch Mucoglycoproteine. Treffen jetzt Aromastoffe auf ein derart gut ausgerüstetes Biochemielabor, bleibt dies nicht ohne Folgen. Auch für das Aroma selbst, vor allem für 4-Mercapto-4-methyl-2-pentanon, und somit für den Sauvignon blanc. Denn dieses Molekül ist für den betörenden Duft des Weins verantwortlich, hat aber den Nachteil, dass es durch den Speichel innerhalb kürzester Zeit reagiert, oxidiert und sich chemisch verändert, sodass vom sensationellen Duft in der Nase im Mund nicht mehr viel übrig bleibt.

Zwar kommt der Sauvignon blanc unvermeidlich mit dem Speichel in Berührung, aber auch hier kann der Schliff des Glases entscheidend sein: Der Wein sollte so in den Mund fließen, dass er nicht zuerst volle Segel an die Speicheldrüsen platscht und diese dadurch zu erheblicher Speichelproduktion angeregt werden. Da dieser Oxidationsprozess eine Sache von wenigen Sekunden ist, ist es ratsam, Sancerre oder dergleichen nicht minutenlang im Mund zu lassen und darauf herumzubeißen, sondern kurz schmecken und sofort zu schlucken. Das ist doch endlich einmal eine gute Nachricht.

Bei Rotweinen bleibt mehr Zeit. Viele Aromastoffe werden von der Mundschleimhaut mit ihrem Speichelbelag regelrecht absorbiert und für eine gewisse Zeit eingebunden, etwa erdige Aromen, Paprikanoten, oder auch viele rote Beerendüfte, hervorgerufen durch eine Molekülgruppe der Pyrazine. Diese Aromen werden vom Speichel in Frieden gelassen. Die Mundschleimhaut absorbiert diese Stoffe und setzt sie nach und nach wieder frei. Deshalb werden vollmundige Rotweine oft als „lang im Nachhall“ oder mit „langem Abgang“ beschrieben. Gibt es ein „Universalglas“, wenigstens für den Alltag? Lange Zeit war das INAO-Glas (vom Institut National des Appellations d´Origine des Vins et Eaux-de-Vie) dafür konzipiert, aus dem alle möglichen Weine verkostet wurden. Mittlerweile gilt es unter Sommeliers als veraltet. Das Glas hat zwar eine brauchbare Form, aber es bietet dem Wein zu wenig Oberfläche, die vor allem bei den Pinot noirs der Bourgogne wenig Frucht, aber viel Alkohol in die Nase dampfen lässt, begleitet von einem eher stechenden Geruch. Vielleicht sprechen ja deshalb manche Weinkenner ab und an von Wein, der an nassen Hund oder ledrigen Waldboden erinnert. So wirkt dieses Glas wie eine Lupe, die auch die schlechteren Eigenschaften eines Weines sichtbar macht. Heutzutage verwenden Profis das „Chianti“-Glas der Firma Riedel. Aber am Wein werden sich die Geister immer scheiden. Vermutlich ist es genauso schwierig, einen Wein zu beurteilen wie einen Deutschaufsatz: Dem einen erscheint er zu gefällig, dem anderen zu wuchtig; dem einen zu poetisch, dem anderen zu rational.

Der letzte Schrei kommt übrigens auch aus dem Hause Riedel: Der lange Glasstiel, der ja verhindern soll, dass der Wein im Glas durch Trinkerhände erwärmt wird, wurde in einer neuen Glasserie jetzt wegrationalisiert. Wie schon im Mittelalter, wird künftig wieder aus Bechern getrunken. Ohne Zweifel eine verständliche Entscheidung zugunsten der Schlucker. Denn wer seinen Wein so lange in der Hand hält, bis er zu warm wird, ist selbst schuld.

AUS GOETHES TAFELGESPRÄCHEN

CHRISTIAN MAINTZ

Goethe rühmte einst bei Tische
Jene holde, zauberische

Macht der Dichtkunst, die so heiter
Uns belehre u.s.w.

Hierauf wollte er mal eben
Zwischendurch sein Glas erheben,

Stieß es aber – nein, wie dumm! –
Um.

Ach, des großen Manns Pullunder
Ward getränkt mit Spätburgunder;

Auch vom Tischtuch, vom Jackett
Tropft' es dunkel aufs Parkett.

Humboldt, Voß und Frau von Stein
Blickten recht betreten drein;

Und im Anschluss sah man Goethen
Ebenfalls im Nu erröten.

WER HAT DEN WEIN-PANSCHER REINGELAS-SEN ?
KRIKI

MAAGSCHD MOOSCHD?

GUDRUN MANGOLD

Wein zu trinken – und vor allem, dummes Zeug darüber zu reden –, ist in. Aber Most? Bis vor wenigen Jahrzehnten war er nördlich der Alpen ein Grundnahrungsmittel. Inzwischen muss zuerst geklärt werden, was man unter Most versteht. In Hessen nennt man ihn Äppelwoi, Stöffche oder Hohenastheimer, im Saarland Viez (wahlweise mit „F") und südlich von Hessen eben Most. Wobei südlich von Hessen das ganze schwäbisch-alemannische Gebiet meint, ebenso Bayern, Österreich, die Schweiz und bis hinunter nach Kroatien.

Getrunken wird er eigentlich nur noch an der Basis, dort, wo man zäh an Traditionen festhält, unbeeindruckt von dem, was gerade ansagt ist. Aromen von Cassis und Kirsche in Rebweinen zu entdecken, heißt das neue Gesellschaftsspiel, und trennt die Noblesse vom Rest der ignoranten Welt. Es ist wie mit dem blauen Blut. Wer immer kann, versucht sich möglichst nah dazuzugesellen und so zu tun, als flösse es auch durch die eigenen Adern. Dabei kennen sich nur Wenige wirklich aus. Nicht umsonst wettert Monsieur Avril von der Université du Vin im südfranzösischen Suze La Rousse, warum eigentlich niemand in einem Lokal das Tischtuch zurückgehen lasse? Niemand lasse das Tischtuch zurückgehen! Dabei verstünden die meisten der selbst ernannten Weinkenner mit Sicherheit mehr von Tischtüchern als vom kredenzten Wein! Der Professor ist kaum mehr zu beruhigen.

Aber nun Most! Allenfalls ihn nicht zu kennen, könnte fürs Prestige nützlich sein. Most haftet ein regelrechter „Äbäh!"-Gout an. Ein Getränk, bei dem jeder, der etwas auf sich hält, die Nase rümpft oder nur einen verständnislosen Blick dafür übrig hat. Soviel Ablehnung ist reizvoll. Begeben uns also auf geheimnisvolle Pfade und in die entlegenen Nischen unserer Gesellschaft, weitab von Publicitygeschrei und Marketinggetue. In diesem Fall heißt das: viel probieren! Ganz wie im Märchen vom Schlaraffenland, in dem man sich auch erst durch einen dicken, dicken Ring von Reisbrei durcharbeiten muss, bevor man zu den gebratenen Tauben vordringt. Am Anfang stehen deshalb die teilweise schon recht gewöhnungsbedürftige Moste, die man hie und da serviert bekommt. Zum erhofften Genuss gelangt man dagegen am schnellsten in Frankreich, wo einem die Cidres den Weg weisen.

Cidre ist ein moussierender und deshalb sehr erfrischender Apfelwein. Die weitaus seltenere Variante aus Birnen heißt Poiré. Cidre und Poiré sind Spezialitäten, für die in erster Linie die Normandie und die Bretagne bekannt sind. Der Normandie werden die harmonischeren, eleganteren Cidres zugeschrieben; der Bretagne, wo säurereichere Äpfel wachsen, die kernig-rustikalen Typen. Landläufig gilt als bewährte Mischung für einen spritzigen, aber harmonisch abgerundeten Cidre: zwei süße, zwei bittere und ein saurer Apfel. Es kommt aber durchaus vor, dass bis zu 20 Sorten miteinander in Korrespondenz gebracht werden. Der Zucker der süßen Äpfel erhöht den Alkoholgehalt. Die bitteren Früchte bringen Struktur und Gerbstoffe. Frische und Fruchtigkeit kommen aus der Säure. Aus dafür geeigneten Äpfeln gibt es auch sortenreine Cidres. Lässt man sie naturtrüb, entstehen aus dem Hefesatz noch einmal ganz eigene Aromen. Regelrechte „Crus“ lassen sich so erzeugen, die zusätzlich zum Apfel beispielsweise auch durchaus an Orangen oder Pflaumen erinnern können.

Typisch für den Cidre ist die Flaschengärung. Den Vergleich mit Champagner goutiert man in den Cidreries jedoch überhaupt nicht. Stolz verweist man in Frankreichs Norden darauf, dass es für einen Champagner eine zweite Gärung mit zugefügten Fremdstoffen brauche. Cidre jedoch habe das nicht nötig. Wenn er auf Flaschen gezogen wird, darf der Gärprozess noch nicht abgeschlossen sein, es soll noch genügend Zucker für die weitere Gärung in der Flasche vorhanden sein. Neben Alkohol entsteht dann weiter Kohlensäure, die begehrte Mousse. Besonders kohlensäurehaltige Cidres, „Cidre bouché“ genannt, erfordern deshalb dickwandige Flaschen, die mit einem Naturkorken verschlossen und sogar mit einem Drahtbügel gesichert werden müssen – das immerhin haben sie mit dem Champagner gemeinsam.

Zwar existiert auch in Deutschland eine Feinschmecker-Abteilung für Mosttrinker, doch die ist wesentlich schwerer zu finden. Am sichersten noch dort, wo sich Fuchs und Hase gute Nacht sagen und „Gourmet“ ein Fremdwort ist. Tief im Hohenlohischen beispielsweise gibt es noch Bauern, die ihre „Öhringer Blutstreiflinge“ und „Kargen Birnen“ keltern, wie sie es von ihren Vätern und Vorvätern gelernt haben. Die vollen Fässer stehen in Kellern oder alten Schuppen, in die niemand freiwillig einen Fuß setzen würde, und auch der Bauer käme nicht auf die Idee, einen Gast hierher zu bitten. Was er jedoch, unbemerkt von allen selbst ernannten Wein-Spezialisten, in dem kühlen Gewölbe für sich und seine Familie hortet und zapft, ist einfach köstlich. Niemand rührt dafür die Werbetrommel. Wozu auch. Es gibt ohnehin kaum einen Markt für Most. Und dem Bauern kann es schließlich egal sein: Er hat, was er braucht, und genießt es im Stillen.

Stöbert man solche geheimen wie heimeligen Orte auf, kann man so manchen wunderbaren Most entdecken. Auch in der einen oder anderen Bauernwirtschaft wird noch ein anständiger Most ausgeschenkt. Gute Moste sind erfrischende und bekömmliche Durstlöscher, je nach Ausbau klar, glanzhell oder leicht trüb, mit einer Farbskala von hellem Zitronengelb, das auch grünstichig sein kann, über einen satten Bernsteinton bis zu dunklem Rötlichgold. Sie duften intensiv nach den Früchten, die sie enthalten. Kühl muss Most genossen werden, am besten zapft man ihn im Keller vom Fass direkt in einen Steinkrug, der ihn dann auf dem Tisch frisch hält.

Auch in Deutschland ist es üblich, verschiedene Sorten von Äpfeln zu mischen, also einen Verschnitt herzustellen. Gern nimmt man auch Birnen dazu, selten etliche Quitten. In Süddeutschland ist der Birnenanteil meist erheblich kleiner als der Apfelanteil. Oft sind es nur ein Zehntel Birnen, selten mehr als ein Drittel. In Österreich hingegen legt man größten Wert auf die Birnen. Reine Birnenmoste sind hier keine Seltenheit.

Traditionell wird der Most noch vielerorts völlig sich selbst überlassen und kein Abstich vorgenommen. In diesem Fall füllt man das

Fass mit dem frischen Saft spundvoll. Das Fassloch oben muss unbedingt offen bleiben, weil es hier, wie man landläufig sagt, den „Dreck“ herausdrückt. Doch dabei ist Vorsicht geboten. Man sollte nie vergessen, es lose abzudecken. Denn: „A Maus schlupft en jedes Looch!“. Ein Teil der bei der Gärung entstehenden Kohlensäure wird im Most gebunden, was ihn so spritzig macht.

In Hessen ist der Äppelwoi das regionale Nationalgetränk. Ob das, was hier in die gerippten Gläser kommt, immer hohe Ansprüche erfüllt, ist eine andere Frage. Wer das Besondere sucht, muss sich schon in die Tiefen des Odenwalds vorwagen. Hier heißt der blauglasierte irdene Krug nicht wie in Frankfurt „Bembl“, sondern „Häbel“, was von Hafen kommt.

Getrunken wird auch aus dem „Gerippte“, einem becherförmigen Glas mit rauem, rautenförmigem Rippenmuster auf der Außenseite. Dazu gibt es Rippchen mit Kraut (in Abwandlung von Goethes Faust heißt es auch: „Rippche, mir kraut vor dir!“), Bauernwürste oder Handkäs mit Musik. Diese Griffigkeit des Glases war früher nötig, weil man mit den Fingern aß. Glatte Gläser wären einem da glatt aus der Hand gerutscht, und weil Henkelgläser zu teuer waren, entwickelte man eben das Gerippte.

Im sanfthügeligen Odenwald gibt es sogar einen „Frucht-Alchimisten“ – so wurde Dieter Walz von der Zeitschrift *Vinum* betitelt. Wein aus Äpfeln war dem gelernten Winzer nicht genug. Er wollte eine Art Champagner keltern – ein anspruchsvolles Vorhaben. Zunächst also suchte der Walze-Dieter auf Odenwälder Wiesen die dafür geeigneten, erstklassigen Äpfel. Danach handelte er nur noch streng nach Vorschrift. Champagnerhefe, Flaschengärung, Rütteln, Degorgieren, et cetera. Was dabei herauskam, steht einem Champagner tatsächlich in nichts nach. Degustationen beweisen es: so mancher kann den Äppler nicht unter den echten Champagnern herausschmecken. Womit wir allerdings wieder bei Monsieur Avril und seinem Tischtuch wären. Denn natürlich riecht und schmeckt ein Apfel anders als eine Traube.

In Schwaben, eigentlich ein Zentrum des Mostes, hat man andere Sorgen. Most ist auch hier aus der Mode gekommen. Obwohl man rund um Stuttgart doch so gern spart und einem der Wein – wenn man nicht gerade selbst Wengerter ist – eigentlich zu teuer ist. Aber wenn inzwischen des Fläschle Wei beim Aldi nicht einmal die Hälfte vom Trollinger aus der Genossenschaft kostet, und wenn man bedenkt, dass des Aufklaube der Äpfel für ein paar Fässle Most doch eine Sau-Arbeit ist – dann laden sich die Cleverle eben lieber beim Discounter den Kofferraum mit preisgünstigen Weinen voll. Gästen kann man sowieso keinen Most anbieten. Man möchte ja nicht als Geizhals dastehen. Zugeben, wo man eingekauft hat, muss man leider, nicht ausgeschlossen, dass die Gäste in den gleichen Läden verkehren. Doch Flucht nach vorn hilft auch hier. Die Geladenen werden einfach genötigt, dem Wein Lob und Bewunderung zu zollen, als habe er ein Vielfaches gekostet. Geiz wird wahlweise mit Ignoranz oder Heuchelei solange zusammengepanscht, bis der Anschein von Gastfreundschaft herauskommt.

DAS ?
DAS ZEIGT AN, WELCHE LÖCHER VOM SALZ- UND VOM PFEFFERSTREUER VERSTOPFT SIND.

Mit dem reinen Wein ist es in Schwaben so eine Sache. Zwei Jahre nach Beendigung des 30-jährigen Krieges erließ Eberhard III. eine „Generalverordnung gegen das Obstmosten“, sprich ein generelles Most-Verbot. Der „arme Landtmann“, heißt es in dem herzoglichen Erlass, sei in Gefahr, durch Panschen des Weins mit Most hintergangen zu werden. Außerdem seien durch Most schwere Gesundheitsschäden zu befürchten, insbesondere für Wöchnerinnen. Insgesamt stehe der Ruf des ganzen Landes auf dem Spiel, und schließlich könne der Weinhandel durch den Most zum Erliegen kommen.

Der Hintergrund: Most gehörte zu jenen Erzeugnissen, die dem Kleinen Zehnten unterworfen waren. Der ging an den örtlichen Geistlichen. Wein hingegen unterlag dem Großen Zehnten. Dieser war an den Herzog abzuführen. Das Haus Württemberg, dessen Kasse nach dem Krieg leer war, hatte also nichts davon, wenn das Volk Most trank. Beim Wein jedoch verdiente Stuttgart kräftig mit. Der Weinbau in Württemberg war allerdings immens zurückgegangen, viele Weinberge waren völlig verwüstet. Die Untertanen mussten also davon abgebracht werden, sich mit dem Most zufrieden zu geben. Auf freiwilliger Ebene war da nicht viel zu machen. Nur unter Androhung empfindlicher Strafen konnte der Herzog die Schwaben motivieren, die Weingärten wieder aufzuforsten und zu pflegen. Über 100 Jahre dauerte dieser Kampf der württembergischen Obrigkeit gegen den Most.

Auf ganz andere Weise wiederholte sich die Kampfansage gegen das heimische Kernobst im letzten Jahrhundert. Zwischen dem Zweiten

Weltkrieg und 1991 gingen etwa 70 bis 75 Prozent der Streuobstbestände in Deutschland verloren. Bis 1974 wurden sogar Rodungsprämien bezahlt. „Mosttrinker sind Naturschützer“ lautet hingegen die Devise des Naturschutzbundes Deutschland. Bei kaum einem anderen Getränk kann man davon ausgehen, dass es so naturrein ist wie beim Most. Die Früchte von Streuobstwiesen sind meistens völlig unbehandelt, kaum jemand greift hier zu Spritzmittel oder Kunstdünger. Darüber hinaus sind Streuobstwiesen Wasserspeicher und halten Winde von den Siedlungen ab. Für zahlreiche Vogelarten wie Grünspechte oder Baumläufer, aber auch Fledermäuse, Siebenschläfer und Wildbienen sind sie unverzichtbare Lebensräume. Gern stellen auch Imker ihre Bienenvölker in diese Vielfalt aus Wiesenblumen und Obstbäumen.

Doch Mosttrinker sind nicht nur Naturschützer. „Maagschd Mooschd?!“ – diese Frage beinhaltet in Schwaben eine ganze Lebensphilosophie und besagt auch, wie's um die Liebe steht. „Maagschd Mooschd?!“ ist das ehrliche Angebot von tiefer Freundschaft und urschwäbische Anmache zugleich. Most spielte einst im Leben eines schwäbischen Mannes eine derart zentrale Rolle, dass damit einfach alles gesagt war: „Moischd maagschd Mooschd? Mooschd mueschd meega! Wend Mooschd maagschd, maagschd au mi!“

DREI MÄNNER UND EIN BABY

ULRIKE STÖHRING

In dem Film „Drei Männer und ein Baby“ geht es bekanntlich darum, dass drei völlig vertrottelte Besserverdiener versuchen, ein erstaunlich pflegeleichtes Kleinkind zu betreuen. Mir hat sich nie erschlossen, was an männlichem Entsetzen beim Gewahrwerden kindlichen Breispuckens oder voller Windeln so lustig sein soll, schon gar nicht, wenn sich der dürre Gag während eines Films in Endlosschleife wiederholt. Vielleicht liegt es aber auch daran, dass die Sache im richtigen Leben ganz anders aussieht, und das geht so:

Mitte der Achtzigerjahre betrieb die Universität Rostock ein gefürchtetes Studentenwohnheim in der Thierfelder Straße, gelegen im Norden der Hansestadt. Es handelte sich dabei um ungefähr zehn ununterkellerte Baracken aus Pappe, allesamt in charmantem Graugrün gehalten. Jedes der wackligen Langhäuser hatte circa 15 Zimmer, in denen jeweils drei Studenten wohnten, sodass sich 45 Leute zwei Gemeinschaftsküchen und zwei Waschräume mit den ebenfalls fröhlich einwohnenden Kakerlaken, Mäusen und Ratten teilen mussten. Die Innenwände waren aus hauchdünnem Sperrholz gefertigt, wodurch jeder über Gesundheitszustand, Musikgeschmack und sexuelle Vorlieben seines Nachbarn bestens im Bilde war. Bei den direkten Mitbewohnern der Zimmer ließ sich dies ohnehin nicht vermeiden.

Das hört sich ungemütlicher an, als es war, man war jung und hatte kein Geld und war ohnehin mehr mit Anatomie beschäftigt, als einem lieb war – es wurde nämlich Medizin studiert.

Mein damaliger Ehegatte und ich hatten in diesem inspirierenden Ambiente einen Sohn gezeugt, und wenn ich, an so manchem Wochenende mit dem Baby aus Berlin anreisend, in der Thierfelder Straße residierte, fiel das in Zimmer Nummer 11, wo die anderen beiden Jungs ebenfalls ihre Freundinnen wohnen ließen, gar nicht mehr auf.

Sechs Erwachsene und ein Baby, da wird nachts schon mal die Luft knapp, zumal es im Winter bei Strafe schwerer Erfrierungen nicht möglich war, das Fenster zu öffnen, denn das brikettbetriebene Bolleröfchen quittierte meist schon am frühen Abend den Dienst. Am Morgen gingen zunächst die Jungs in den Waschraum, um die Rattenfallen zu leeren und mittels abenteuerlicher Tauchsiederkonstruktionen ein wenig warmes Wasser zu produzieren, wenn nicht im Winter sowieso alles eingefroren war. Der einzige seltsame Luxus dieses Hauses bestand im Vorhandensein einer Putzfrau, die allerdings, den Besen fest umklammernd, schon am frühen Morgen den immer gleichen Satz murmelte: „Wie spät kann's sein?“ Um 16 Uhr endete ihr Dienst, und es brach einem jeden Morgen schier das Herz, zu wissen, dass sie noch viele Stunden bis zum Feierabend würde dort stehen müssen.

Die vollkommen versifften Gemeinschaftskühlschränke fielen nicht in ihren ohnehin eher theoretischen Kompetenzbereich. Der Anblick von Lebensmitteln in verschiedenen Stadien der Verwesung wird mir unvergesslich bleiben. Womit ich nicht sagen will, dass ich nichts gewöhnt gewesen wäre. Im Mütterwohnheim der Humboldt-

Universität Berlin lebte ich schließlich mit zwei mongolischen Kommilitoninnen zusammen, die ihre erstaunlich großen Fleischvorräte gern in der überheizten Dusche lagerten.

Aber zurück in „das Thierfeld", wie das Rostocker Wohnheim zärtlich genannt wurde. Neben den oben genannten sozialen Experimenten und der täglichen Kleintierjagd beschäftigten sich die Insassen hingebungsvoll mit der Weinproduktion. Ich würde das Wort Wein hier gern in Anführungsstriche setzen, möchte aber niemanden rückwirkend beleidigen. Irgendwie war es sicher Wein. Und wer nie von diesem Tropfen trank, kann gar nicht mitreden, wenn es darum geht, was ein Kater ist. Speziell der Reiswein, gern schon vor der „Reife" gierig abgezapft, brachte sich am nächsten Morgen mit einem Gefühl in Erinnerung, gegen das Suizidgedanken wie eine leichte Verstimmung wirken.

Mein damaliger Mann hatte es als junger Vater als sehr praktisch empfunden, zum Zwecke der Berauschung nicht mehr unbedingt die Klubs aufsuchen zu müssen, und mehrere Weinballons aus dem Nachlass seines Großvaters herbeigetragen. Gab es Beeren wie Schlehen, Hollunder oder Hagebutten, wurden diese eingemaischt. Im Winter jedoch kam profaner Reis zum Einsatz, der, mit viel Zucker, Rosinen und Gärhefe angesetzt, ein teuflisches Getränk ergab. Noch Jahre später ging die Legende von der so genannten Huschelweinfete durch die jüngeren Semester, mit der die Geburt des „Huschels", also oben erwähnten Babys, gefeiert wurde. Dem Vernehmen nach ist damals ein ganzer Jahrgang des hoffnungsvollen akademischen Nachwuchses der DDR nur knapp der Auslöschung durch Alkoholvergiftung entgangen. Ich hütete zu dieser Zeit glücklicherweise das Wochenbett.

Zwei Jahre später kam es zu einem weiteren vorläufigen Höhepunkt des Weinexperiments. Inzwischen war die Produktion vergrößert, wenn auch nicht unbedingt verfeinert worden. Im ganzen Hause blubberten so viele Gärröhrchen auf den Ballons, dass der Sauerstoff in der Luft nicht nur im Winter knapp wurde. Konnte dem staatlichen Einzelhandel keine Gärhefe abgerungen werden, wurde auf normale Bäckerhefe zurückgegriffen. Und auch bei der Auswahl der weiteren Zutaten musste auf übertriebene Sorgfalt kurzerhand verzichtet werden. Ich sage nur Heckenrose, genauer: die Früchte der Heckenrosenplantage, gelegen zwischen vier Spuren Schnellstraße zum Krankenhaus Südstadt. Von ökologischem Anbau hatte ohnehin noch niemand etwas gehört, aber dieses Getränk war komplett ungenießbar. Am meisten grämte das unseren Mitbewohner Andy Otte, der, als wäre er mit seinem unsexy Spitznamen „Otti“ nicht schon genug gestraft gewesen, klein, überaus schüchtern und entsprechend chancenlos bei den Frauen war. Wahrscheinlich ergab er sich deshalb schon in so zartem Alter dem Trunke.

Eines Tages, wir hatten unseren zweijährigen Sohn für ein Stündchen unter Ottis Aufsicht gestellt, überkam diesen offensichtlich ein Anfall von Ordnungsliebe. Sehr beherzt und nicht mehr unbedingt präzise muss er den Schrubber geschwungen haben, der Stoß war zu hart für den Weinballon: 20 Liter fruchtiges Zuckerwasser ergossen sich über das Linoleum und bildeten einen klebrigen See um Kind und Betreuer. Als ich kurz darauf mit den beiden anderen Männern vom Einkauf zurückkam und die Situation überblickte, zog ich mich blitzschnell zum Rauchen in die Küche zurück: „Das macht ihr hier mal schön alleine. Spielt einfach ‚Drei Männer und ein Baby'."

38er SMITH AND WESSON ...?
99er CABERNET SAUVIGNON.
©TOM

DIE SCHATZKAMMERN DES KADEWE

TOM WOLF

Die Flasche Wein, die ich betrachte, stammt aus dem Jahr 1864. Damals gab es das Berliner „Kaufhaus des Westens", kurz KaDeWe, noch nicht, es wurde erst 1907 im bis dahin stillen, vornehmen Westen am Wittenbergplatz eröffnet, zwei Jahre, bevor sich die U-Bahn auch bis „jott we de" hinauswagte.

Auf dem Etikett der alten Flasche steht: „Eltviller Langenstück, Gräflich Eltzische Kellerei". Mit feiner blauer Tinte hat Graf Eltz sie handsigniert. Ob ich sie kaufen wolle, fragt mich Sommelier Denis Knecht. Ich erwäge es kurz, schüttele dann aber den Kopf. Mein Spesenbudget ist zu klein, auch wenn das Dreiviertelliterfläschchen mit 1695 Euro keineswegs sehr teuer ist. Im Vergleich zum übrigen Angebot des Weinraritätenkabinetts, versteht sich: Ein 1997er oder 2001er Romanée-Conti etwa kostet 3100, ein Brunello di Montalcino von Biondi-Santi, Jahrgang 1990 – die teuersten 0,75 Liter im Programm des KaDeWe –, 4950 Euro. Mehr Flüssigkeit fürs Geld bietet da eine Riesenbuddel Chateau Mouton Rothschild, 1986; combien d'argent? 4995 Euro.

Knecht legt das „Eltviller Langenstück" zurück in die Vitrine. Gestern war ein Fernsehteam da, deshalb liegt der älteste Ladenhüter nicht wie üblich bei 13 Grad Lagertemperatur in einem der sechs Rara-Keller, sondern im klimatisierten, begehbaren Weinschrank im sechsten Obergeschoss des KaDeWe.

Schon Knechts Vorgänger Daniel Gresser hatte es 1996 in seiner Obhut, wie ein damaliger Zeitungsbericht zeigt. Es scheint sich niemand für den Tropfen zu interessieren. Ob er wohl noch edel, noch trinkbar ist? Was bewegt die Käufer uralter Weine? Wer sind überhaupt die typischen Käufer von Weinoldies? Rentiert sich die Raritätenabteilung? Wo werden die alten Weine eingekauft? Und: Wer muss zahlen, wenn ihm beim Bestaunen was runterfällt?

Sommelier Knecht, gebürtiger Elsässer, zuletzt im noblen Pariser „Hotel de Crillon“ am Place de la Concorde tätig, lauscht geduldig meinen Fragen und beantwortet sie ausführlich. Der hochgewachsene dunkelhaarige Mann mit schwarzer Hose, weißem Hemd, grüner Weste und gleichfarbiger Fliege arbeitet gern als Chef der größten europäischen Kaufhausweinabteilung. Er genießt es, über 3500 verschiedene Weine aus 30 verschiedenen Ländern zu gebieten (1350 französische übrigens) und die Kundschaft im Hochpreissegment fachkundig zu beraten.

Ob alte Weine noch genießbar seien oder gar Genuss bereiten können, hänge in erster Linie von ihrer Lagergeschichte ab. Im Glücksfall seien sie, da viel weicher, tannin- und säureärmer, durchaus schmackhaft. Das wertvolle Depot von Heidsieck-Champagner aus dem Jahr 1907 – 1998 entdeckt und jetzt in einem KaDeWe-Spezialkeller auf potente Käufer wartend (4350 Euro die Flasche) – beweise, dass bei optimaler Lagerung (Meeresgrund in 64 Metern Tiefe, drei Grad Celsius) die Chance auf außergewöhnlichen Genuss sehr hoch sei. Über diesen Champagner will ich noch mehr erfahren. Doch erst mal keine Störung hineingebracht ...

STEPHAN LIEBHERR HATTE ZWAR PLÜSCHTIER BLAU BESTELLT, ABER NICHT MIT KLÖSSEN!

RUF AN! ICH MACHE ALLES, WAS DEINE FRAU NICHT MACHT!
HEY, DU RUFST DOCH DA JETZT NICHT WIRKLICH AN ?!?
ICH NEHME HACKBRATEN, MIT ROTKOHL. WAS MÖCHTEST DU?
JAMIRI

KINDERTELLER
KAHLS LUSTIGE ESSENBILDER (27)

Natürlich kann man nicht
bei jedem mißlungenen Bild
sagen: Da klatsch ich jetzt
'ne PIZZA DRAUF und fertig!
Aber bei dem hier gings.

„Schon wieder Giraffenhirn! Ich kann's bald nicht mehr sehen!"

„Was soll ich denn da erst sagen?"

„Hartmut! Essen!“

Mozzarella- Sitzsack
(nur in weiß erhältlich)

Die Uraltweine stammen aus Privatweinkellern oder Weingutauflösungen. Knecht entscheidet vor Ort, was er für das KaDeWe erwirbt und was nicht. Alter allein ist nicht entscheidend und (wie das „Eltviller Langenstück“ zeigt) ein schlechter Ratgeber. Die Raritätenabteilung, so Knecht, sei schließlich kein Museum. Prestige spiele wohl eine Rolle, aber Verluste müssen minimiert werden. Gute Lagerung und qualitätsverheißende Jahrgänge großer Weindomänen sind ausschlaggebend beim Aufstocken der Bestände.

Sammler alter Weine kennen sich aus. Daneben gibt es viele Kunden, die sich unabhängig von qualitativen Erwägungen für bestimmte Jahrgänge interessieren: Großpapas 75. Geburtstag verlangt nach einem Wein von 1930: ein Problem, wie die Rara-Liste zeigt, denn auf Lager sind nur ein „Chateau Margaux“ von 1929 (preiswerte 1195 Euro) und eine „Steinberger Staatsdomäne Eltville“ (schlappe 1100 Euro gar bloß). Daher zieht Knecht bei Ankäufen stets mehrere Suchlisten zu Rate, die das Risiko minimieren.

Wer sind nun aber die typischen Käufer, von den Jubiläumskunden einmal abgesehen? Knecht will nicht so recht mit der Sprache heraus. Fast als sei er Hüter eines Bankgeheimnisses. „Viele hochgestellte Persönlichkeiten“, sagt er etwas ausweichend erst. „Na ja“, schränkt er ein, „vor allem Leute, die Geld haben.“ Schon klar. Es seien übrigens, entschlüpft ihm dann, „nicht in erster Linie deutsche Kunden“. Interessant. Englische Lords? Ich tippe dann doch auf die Familie El Saud. Können nur Saudis sein! Der Sommelier lächelt und schüttelt den Kopf. Mit vollendeter Beiläufigkeit, welche die ehrliche Verachtung ausmacht, klärt er mich auf: „Neureiche Russen". Knecht will das unliebsame Thema schnell verlassen und führt mich zu einer Sondervitrine mit dem zuvor erwähnten Champagner aus dem Ersten Weltkrieg – das ist jedoch eine treffliche Überleitung, denn es handelte sich um den „Champagner des Zaren", der auf Schiffsreise nach Sankt Petersburg absoff.

Das deutsche Unterseeboot U 22 torpedierte 1916, nur 20 Seemeilen vor dem Ziel, das Champagnertransportschiff „Jönköping". 1998 wurde das Wrack geortet. Erfreulicherweise fanden sich im Laderaum große Bestände von „Goût Americain Vintage", Champagner von Heidsieck & Co Monopole in Reims aus dem Gründungsjahr des KaDeWe – 1907. Das KaDeWe-Raritätenkabinett schlug dementsprechend freudig zu und landete so seinen vielleicht größten Coup. Die Flaschen wurden sofort mit Wachs versiegelt, um Oxidation zu verhindern. Ein Spezialkühlraum wurde auf die Temperatur des Fundortes programmiert. Ein wahrer Schatz im Kühlhaus!

Ob die neureichen Russenmafiosi wohl noch genügend Nachschub für Champagnerbäder haben? Wie viele Flaschen gibt es denn davon? Sommelier Denis Knecht hüllt sich in Schweigen. Er lächelt, was es zu beredtem Schweigen macht. Die Tür zum begehbaren Klimakasten schließt sich.

Tja, und im Übrigen? „Berührt ist geführt" gilt zwar beim Schach, doch nicht bei kostbaren Flaschen. Wenn hier etwas zu Bruch geht, ist es Schicksal. Die Flaschen sind nicht einzeln versichert. Falls der

Inhalt der Kellerräume bei einer Katastrophe (Ausfall der Kühlanlage, Feuer) komplett vernichtet würde, zahlt die Hausratversicherung. Alte Weine, Champagner und Spirituosen im Wert von über einer Million Euro wären dann auf ewig untrinkbar – Geschichte eben.

ECHT ZUM WEIN

THOMAS GSELLA

wir zwei ham uns doch kenngelernt
uns richtig um verstand gebracht
und etwan jahr pro tag besternt
n halben kasten leergemacht
dann kam son anderer son bernd
der hat was neus bei dir entfacht
dich jenfalls von mir wegentfernt
hast nich ma wiedersehn gesacht

dabei hab ich uns einklich sehr
geliebt und irngswie jetz, allein
die flaschen kullern hin und her
die tränen dieser klaus das schwein
da hilft auch unser bier nich mehr
umdrehung is ja viel zu klein
echt nich mal unser bier kriech leer
so muss ich wein

VOM CABINET ZUM KABINETT

AXEL BIESLER

Dieser Wein ist eine Frechheit. Er riecht verführerisch nach reifen Aprikosen und schwarzen Johannisbeeren, untermalt von einer feinwürzigen, mineralischen Note. Diese Eindrücke bleiben eine Annäherung und sollen mehr auch gar nicht sein. Tatsächlich ist sein Geruch kaum in Worte zu fassen. Versteigen wir uns sogar zu der Idee, dass dieser Wein verzaubert, in eine andere Welt führt. Das deutsche Weingesetz jedenfalls führt er ad absurdum. Derart nuanciert und elegant kann eigentlich nur ein großer Riesling schmecken. Auch sein Geschmack lässt sich nicht gänzlich formulieren, glücklicherweise, denn wir haben es mit etwas Sinnlichem zu tun. Dennoch ist dieser Wein qualifiziert worden, am untersten Ende der deutschen Prädikatsweinstufen. Sein Winzer ist daran nicht unbeteiligt. Vielleicht wollte er auch ein wenig provozieren. Mit dem Hedonismus beginnt die Schwierigkeit.

Der Wein ist ein 2004er Piesporter Goldtröpfchen, Riesling Kabinett vom Weingut Haart in Piesport an der Mosel. Er führt exemplarisch vor, wie wenig hilfreich die so genannten obligatorischen Angaben auf einem Weinetikett heute noch sind. Dabei gilt doch das Etikett als Visitenkarte eines jeden Weines. Es soll auch dem weinunkundigen Verbraucher wichtige Informationen über den Inhalt einer Flasche geben. Aber tut es das tatsächlich?

Seit dem Jahre 1971 sieht das deutsche Weingesetz drei Qualitätsstufen vor: den Land- oder Tafelwein, den Qualitätswein bestimmter Anbaugebiete (QbA) und den Qualitätswein mit Prädikat. Letzterer wiederum ist in sechs Güteklassen eingeteilt (in aufsteigender Reihenfolge): Kabinett, Spätlese, Auslese, Beerenauslese, Trockenbeerenauslese und Eiswein. Bei den ersten drei Güteklassen kann es sich sowohl um trockene als auch um restsüße Weine handeln. Letztere drei sind immer edelsüße Spezialitäten. Das Verwirrspiel beginnt. Denn dem Erzeuger ist es freigestellt, eine Geschmacksangabe wie „trocken" oder „halbtrocken" auf dem Etikett zu vermerken – um eine Pflichtangabe handelt es sich dabei nicht. Gemeinsam ist allen Prädikatsweinen, dass ihr Alkoholgehalt durch Zugabe von Zucker nicht erhöht werden darf. Qualität und Güte werden in Deutschland allein durch den natürlichen Zuckergehalt der Trauben bestimmt – über die spätere Geschmacksrichtung eines Weines sagt der aber nichts aus. Das kleine Einmaleins im deutschen Weingesetz ist simpel: je mehr Zucker die Trauben im Verlaufe ihrer Reife gebildet haben, desto höher ist hernach das Prädikat des daraus gewonnenen Weines. Das klingt genauso trocken, wie es ist, und hat mit Geschmack und Qualität erst einmal überhaupt nichts zu tun. Es ist schon richtig, Alkohol ist ein Geschmacksträger. Einerseits. Andererseits liegen viele deutsche Weinlagen auf oder nördlich des 50. Breitengrads. Aus diesen Gegenden kommen mitunter Weine, die mit relativ wenig Alkohol auskommen und dennoch hocharomatisch sein können. Rieslinge zumeist, deren Trauben viel länger reifen können, und in dieser Gegend das auch müssen, als viele andere Rebsorten.

Überhaupt bleibt fraglich, ob die Gesetzgeber von damals deutschen Wein verstanden haben. Akribisch zeichnet der Jurist und

Politikwissenschaftler Jan Zimmer in seinem Büchlein „Weinbaupolitik in Deutschland“ (Ibidem Verlag) den Prozess zur Gesetzgebung des 71er Weingesetzes nach. Dabei legt der Autor immer wieder größten Wert darauf, die Weinkompetenz ihrer Wegbegleiter zu erwähnen. Waren sie das wirklich, weinkompetent, leidenschaftlich? Ging es bei dieser Gesetzgebung tatsächlich allein darum, die Individualität und hohe Güte deutscher Weine im europäischen Markt zu schützen? Zimmer erwähnt in diesem Zusammenhang den damaligen Weinbaupräsidenten und Weingutsbesitzer Werner Tyrell als Streiter für strengere sensorische Prüfungen vor allem ausländischer Weine. Tyrell gelangte später zu trauriger Berühmtheit. Jahrelang reicherte er seine Prädikatsweine verbotenerweise mit Flüssigzucker an und schrieb damit einen Teil des deutschen Weinskandals mit. Dass das Weingut an der Ruwer heute wieder zu alter Klasse gefunden hat, ist dem Einsatz seines Sohnes, Christoph Tyrell, zu verdanken.

Vergleicht man die obligatorischen mit den fakultativen Angaben, die auf einem Etikett erscheinen, wird sehr schnell klar, dass es um weitaus mehr als nur um die Wahrung deutscher Weineigenarten ging. Was Wunder. So ist bei Qualitätsweinen die Nennung ihrer Qualitätsstufen zwar gesetzlich vorgeschrieben, auf die Angabe von Rebsorte und Jahrgang hingegen darf großzügig verzichtet werden. Dabei hängt doch beides ganz unmittelbar miteinander zusammen. Gerade in nördlicheren Anbaugebieten, zu denen Deutschland gehört, gibt es erhebliche Jahrgangsunterschiede. Sie spielen bei der Qualität unserer Weine eine maßgebliche Rolle. Das wussten auch

F.W. Bernstein
DER RISIKOCK

die Großkellereien. Um dennoch Jahr für Jahr Weine von gleich bleibender Qualität zu erzeugen, konnten so schwächere mit besseren Jahrgängen verschnitten werden, ohne dabei auf die Nennung der Qualitätsstufe als Imageträger verzichten zu müssen.

Und so kam es, dass der Markt nach der Gesetzgebung von 1971 von einem Meer von Prädikatsweinen überflutet wurde, deren Inhalte mit ihrer vermeintlichen Güteklasse nichts zu tun hatten. Damit aber nicht genug: Auch auf die Angabe einer bestimmten Lage wollte man seitens der Großvermarkter nicht verzichten. Die deutsche Weinlandschaft indes besteht aus einer ungeheuren Lagen- und Gesteinsvielfalt. Dieser Vielfalt entstammt ebenso vielfältiger Wein. Den guten Namen einer Lage zu wahren und dennoch Wein von marktgerechter Menge zu produzieren, hatte zur Folge, einzelne Lagen zu so genannten Großlagen zusammenzulegen. Großlagen haben nichts mit „großen Lagen“ zu tun. Das Meer von dürftigen deutschen Weinen schwoll an. Ihr guter Ruf litt nachhaltig.

Lange Zeit stand der Name Piesport für Weine, die in aller Welt hoch geschätzt wurden. Aus einer der größten Schleifen der Mosel erheben sich hier die steilen Hänge des Flusses und bilden ein riesiges natürliches Amphitheater: das „Piesporter Goldtröpfchen“. Dass diese komplett nach Süden ausgerichtete Lage mit ihren mineralreichen Tonschieferböden besondere Weine hervorzubringen imstande ist, verwundert wenig. Ein Wein aus der Großlage „Piesporter Michelsberg“ indes kann auch auf Schwemmland oder den schattigen Eifelerhöhen gewachsen sein. Der „Piesporter Michelsberg“ umfasst etwa 1300 Hektar, das „Goldtröpfchen“ lediglich 65 Hektar.

Dass dem Charakter einer Weinbergslage heute wieder mehr Beachtung geschenkt wird, ist im besonderen Maße dem Verband deutscher Qualitäts- und Prädikatsweingüter (VdP) und vielen verstreuten „Einzelkämpfern“ zu verdanken. Sie rücken wieder in den Mittelpunkt, was einen deutschen Wein auszeichnet: sein Terroir. Jenes faszinierende Zusammenspiel von Charakter einer Weinbergslage, handwerklichem Können eines Winzers und Jahrgang. Solche handwerklichen Meisterstücke machen nur einen Bruchteil der Jahresproduktion in Deutschland aus, aber am Ende sind sie die wirklichen Visitenkarten unseres Weinlandes. Das ist nicht ohne Tücke. Denn seien es die Weine des VdP oder die der „Einzelkämpfer“, sie müssen nicht jedem schmecken. Sie sollen das auch nicht. Solche Weine sind streitbar. Und das ist viel mehr Segen als Fluch. Fluch vielleicht, weil unser Weinland immer noch eines der „Provinzweinfürsten“ ist. Und Segen, weil sich ihre Weine noch unterscheiden lassen vom einheitlichen Weingeschmack.

Die unterste Prädikatsstufe wird seit 1971 Kabinett genannt. Das war einmal anders. Genau genommen andersherum. Im 18. Jahrhundert – der Zeit des Barock – pflegte man an den Höfen Deutschlands französische Lebensart. Versailles stand Modell. Die Obrigkeit sprach Französisch. Auch der „reine“ Wein begann zu dieser Zeit seinen Siegeszug. Die weit verbreitete Praxis, verschiedene Rebsorten in einem Weinberg zu pflanzen („gemischter Satz“), verabschiedete sich langsam zu Gunsten einer reinsortigen Rebkultur. Es war auch die Zeit, in der aus dem Riesling immer bessere Weine erzeugt wurden. Erlasse wurden erteilt, wonach es den Winzern an Mosel und Rhein nur noch erlaubt war, ausschließlich Riesling zu pflanzen. Vor allem im Rheingau erkannte man die Qualität dieser Rebsorte sehr früh und begann sie zu schützen. Die besten ihrer Art durften sich mit dem Prädikat „Cabinet“ schmücken. Die erste Güteklasse in Deutschland war geboren. Den Begriff „Cabinet“ entlieh man – damals zeitgemäß – dem Französischen: einer Verwahrungsstätte wertvoller Kunstgegenstände. „Cabinet“-Weine betrachtete man also als äußerst wertvolle Schatzkammerweine. In eine solche Schatzkammer gehört der 2004er Riesling Kabinett vom Weingut Haart. Freilich nicht für immer, denn er schmeckt einfach göttlich.

PATEN UND PIONIERE

ROGER BLUM UND MARLIS PRINZING

Cornelia Zingg kurvt mit dem Motorrad ins kleine Weindorf Schafis am Bielersee am Fuß des Schweizer Jura. Sie will die zwei Flaschen Wein abholen, die ihr und ihrem Mann jährlich zustehen. Die beiden sind „Rebstockpaten". Am steilen Hang hoch über dem See, dort, wo man hinüberblickt zur Petersinsel, auf der weiland Jean Jacques Rousseau lustwandelte, sind mehr als 1000 Rebstöcke mit Namensschildern versehen. „Urs Gnehm" liest man da, „Robert Streit", „Beat Sterchi" oder „Daniel Noth", und fünfmal „Peter Zulauf". An etwa 700 dieser beschilderten Rebstöcke hängen weiße Trauben, an 350 prangen rote.

Auf die Idee, Rebstöcke auf jeweils 10 Jahre zu verpachten, kam der Winzer Röbi Andrey nicht einmal selber. Eine Bieler Firma, die europaweit tätig ist, wollte ihren Kunden 1997 ein originelles Weihnachtsgeschenk machen und fragte an, ob es möglich sei, jedem für eine gewisse Periode einen Rebstock zu überlassen. Röbi Andrey, ein heute 49-jähriger, freundlicher Mann mit einem verschmitzten Bauerngesicht, machte die Idee inzwischen zu seinem Markenzeichen. Wer 150 Schweizer Franken zahlt, erhält für sich oder für eine beschenkte Person eine Urkunde als Rebstockbesitzer auf Zeit, die ihm das Recht gibt, ein Jahrzehnt lang jährlich eine Flasche Wein zu beziehen, die man aber selber abholen muss. Röby Andrey bebaut zusammen mit seiner Frau Lisbeth die Weinberge in Schafis, La Neuveville und Le Landeron in der vierten Generation – vier Hektar mit 25 000 Rebstöcken – und war zumindest in der Schweiz der Erste, der die Rebstockpatenschaft einführte. Auf diese Weise lernten viele der 1000 Paten erstmals den Wein der Bielersee-Region kennen, gerade auch Weinfreunde aus Deutschland. Röbi Andrey leg Wert darauf, sich diesen Weinfreunden, die aus allen Bevölkerungsschichten stammen, zu widmen, wenn sie auftauchen. Dann wird über Gott und die Welt geredet. „Viele vergessen am Schluss den Wein, den sie abholen wollten", sagt Andrey verständnisvoll lächelnd. Draußen vor dem Caveau lässt sich's gemütlich sitzen und bei Wurst, Käse und Wein ein Nachmittag oder Abend verbringen. „Ich will hier keinen Schalter, an dem die Leute nur noch die Flaschen holen und gehen", sagt er. Deshalb machte er nach dem 700sten Weißwein-Paten einen Schnitt. Frühestens in zwei Jahren, wenn die ersten Patenschaften auslaufen, kommen neue zum Zug; ähnlich will er bei den roten Reben verfahren, für die er seit zwei Jahren Patenschaftsurkunden ausstellt.

Die Wein-Paten von Schafis bewegen sich auf Pioniergelände. Röbi Andrey schenkt zum Verkosten gerne einen recht seltenen Tropfen aus, einen Freisamer. Diese Traube ist Ergebnis eines Experiments. Klima und Boden der Kalksteinmoräne oberhalb des Bielersees schienen dem promovierten Rebenzüchter Karl Müller günstig, um den Wert seiner neuesten Züchtung zu erproben. Der erste Leiter des damals gerade gegründeten Staatlichen Weinbauinstituts in Freiburg im Breisgau hatte 1916 Silvaner und Ruländer gekreuzt. Die neue Traube nannte er Freisamer – nach dem Ortsnamen und dem Fluss Dreisam.

Das Experiment war biologisch erfolgreich. Die pilzresistente Alternative zum Ruländer brachte einen vergleichbaren Öchslegrad bei doppeltem Behang. Ein Verkaufserfolg wie etwa beim Dornfelder, mit dem der zurzeit 3000 Hektar umfassende Weinberg bebaut ist, gelang bei weitem nicht. Die Freisamer-Traube erreichte zu ihren Spitzenzeiten Mitte der Siebzigerjahre in Deutschland gerade mal ein Hundertstel dieser Fläche. Sie errang kein hohes Ansehen, galt als Gewächs, aus dem sich allenfalls Masse produzieren ließ, und wurde stark zurückgedrängt, als der Ruländer durch die Auswahl starker Klone zu einer ähnlich widerstandsfähigen Rebe gezüchtet war. Heute wächst Freisamer noch auf zwei Hektar deutschem Boden in Südbaden. In der Schweiz gibt es ihn nur auf 0,86 Hektar am Bielersee.

Im Kern sind das die ehemaligen Versuchsflächen der Breisgauer Züchter. Ihre Versuche waren den Berner Kantonspolitikern nicht besonders willkommen, erzählt Andrey. Ihren eigenen Winzern genehmigten sie in den Fünfziger- und Sechzigerjahren keine Pflanz-Alternativen: Weißwein hatte ein Chasselas, ein Gutedel, zu sein, der Rote ein Pinot noir – die beiden Rebsorten, für die man sich bei ihm heute als Pate eintragen lassen kann. Zu der Zeit, als das Versuchsgelände frei wurde, lockerte sich auch das Anbau-Reglement. Sein Vater nutzte die Chance, sein Angebot rasch zu erweitern, und pachtete einen Teil der Fläche, auf der Freisamer wuchs.

Die Schweizer Kunden reagierten ebenfalls zögerlich. „Freisamer liebt man, oder man liebt ihn nicht“, sagt Andrey. Er keltert einen frischen, trockenen, leicht fruchtigen Weißen. Runder als die Pinot-grigio-Ströme, die seit einigen Jahren deutsche In-Treffs überschwemmen, nicht so voll wie sein Chardonnay. Die hohe Reife macht den Freisamer kräftig – ein unkomplizierter Tafelwein, weit unterschätzt und bis heute ein Politikum. Drei Kilometer von Schafis entfernt verläuft die Sprachgrenze, von dort an spricht der Schweizer Französisch; Fribourg liegt gefühlsmäßig zehnmal näher als Freiburg. Da verkauft sich ein Wein einfach schon deshalb schlechter, weil er anspielt auf die Namensschwester an der Dreisam, lässt der Winzer durchblicken.

Am Weininstitut im Breisgau weiß heute keiner mehr auf Anhieb um die historischen Verbindungen, aber bei den Patenschaften bewegen sich wiederum beide auf Neuland. Andrey war wohl der Wrste, der daraus eine Marketing-Aktion machte, die Freiburger Weinforscher sind offenbar die einzigen, die damit gemeinnützige Zwecke und Forschungsanliegen verbinden. Weinbauinstitut und Fördergesellschaft der Klinik für Tumorbiologie an der Universität Freiburg helfen sich gegenseitig. Reben werden mit in der Krebsforschung als resistent erwiesenen Substanzen behandelt, um zu prüfen, ob sie widerstandsfähiger werden und Pilze besser abwehren, erzählt Institutsleiter Rolf Steiner, ebenfalls ein doktorierter Weinzüchter. Er führt außerdem eine Aktion seines Amtsvorgängers fort. Im „Doktorgarten" des Staatsweinguts Blankenhorn Ihringen werden seit 2000 auf neuen Flächen Reben gepflanzt, die man für 100 Euro auf zehn Jahre als Pate übernehmen kann. 75 Prozent des Erlöses fließen in die Forschung, der Pate erhält sieben Flaschen Wein.
1300 Namen stehen auf der Liste, mancher ist prominent: Gianna-Nannini zum Beispiel – die italienische Rockröhre erhielt den Reb-

KOCHE
FÜR
ESSEN
m.

stock anlässlich eines Konzertauftritts. Oder Willi Stächele. Dem baden-württembergischen Landwirtschaftsminister ist wichtig, dass er den Stock nicht aus der Landeskasse, sondern privat bezahlt.

Meist ist das Paten-Amt ein Dienst am Wein und gedeiht auf immer breiterer Ebene. Der Thüngersheimer Johannisberg in Franken gibt ein Beispiel. Die Winzergenossenschaft Sankt-Michael-Keller wollte „mehr Weintrinker an Frankenweine binden und ganz besonders an unsere Gegend", erzählt Assistentin Veronika We gner. Ein Anlass bot sich, als vor vier Jahren Mitgliedswinzer Gerhard Gößwein einen neuen Weinberg anlegte. An einem Fünftel der zurzeit 300 Paten-Rebstöcke hängt Müller-Thurgau, an den anderen Zweigelt. Die Trauben werden nicht wie üblich schlicht in Reihen und an Drahtseilen gezogen, sondern an Pfählen, und sie werden mit Nummern sowie Namensschildern versehen, damit der Pate „seinen" Stock auch findet. „Neugeborene sind unter den Paten, eine 90-jährige Jubilarin, ein Mann, der in Bangkok lebt, aber aus der Gegend um Erlangen stammt", sagt Veronika Wegner. Der Pate zahlt im Jahr 20 Euro, seine Patenschaft ist zeitlich unbegrenzt. Er erhält zwei Bocksbeutel im Jahr aus „seinem" Weinberg – doch nur, wenn der Jahrgang einen Ertrag ermöglicht. Der Winzer pflegt die Rebstöcke, der Pate darf bei Rebschnitt oder Weinlese Hand anlegen. Jeder zehnte kommt. Aber nicht nur zum Arbeiten, auch zum Feiern und Genießen.

IM BANN DER BRATENUMDREHERIN

LUDWIG LANG

„O.k. – wer hatte Aufsicht?!?“ Neffe Alex zuckt schuldbewusst zusammen. „Aber ... aber ich war doch nur kurz draußen – beim Bieseln ...“, stammelt er und versucht, allen Blicken auszuweichen. „Ja und dann? Anstatt dass du danach sofort in die Röhre schaust, stierst in deinen depperten Nintendo rein, bis du viereckige Augen kriegst. Oder?! Ha!? Also! Hör mir doch auf!“

Da freut man sich tage-, ja wochenlang auf einen deftigen Schweinsbraten – und natürlich das Beste daran: die Kruste, die mindestens dreifache Sinnesfreuden verheißt: Goldbraun gegarte Haut, geschmolzenes Fett und verdunsteter Bratensaft geronnen zu einer pittoresk schaumigen Struktur bernsteingelber Bläschen, die jenen konzentrierten Geschmack des Fleisches und der dezent beigegebenen Gewürze in sich bergen, der sich beim Beißen gleich einer Explosion im ganzen Mundraum verteilt und dabei knackig krachende Geräusche und Klangspektakel erzeugt, die jeden gschaftlhuberischen Food- und Sounddesigner vor Scham und Neid erblassen lassen.

Und dann? Anstelle dieser knusprigen Köstlichkeit? Das: Eine aufgedunsene, wässrig wabbelige, schwabbelige Schwarte, ein erbärmlich im Mund sich windendes, kaum kaubares Etwas von der lätscherten Konsistenz eines vor sieben Minuten ausgespuckten Kaugummis mit Grillkohlegeschmack. Oder das: ein brauner Backstein, den man nicht schneiden geschweige denn beißen kann – weil die Schwarte nicht eingeritzt war und der Braten gleich mehrmals gewendet wurde.

„Ma, warum machst du das? Warum legst du jedes Mal den Braten mit der Schwarte in die Soße? Warum machst du das immer und immer wieder?“ Eine Frage, auf die ich die Antwort längst kenne: „Ich koch jetzt schon 60 Jahre, da ...“ „... da lässt du dir von einem einschichtigen Junggesellen wie mir nix dreinreden! Schon klar. Sturschädel, preußischer! Ihr Preußen verkocht's ja auch noch die beste Schweinshaxe zu einem glibbrigen, matschigen ‚Eisbein‘ ...“ „Ich bin keine Preußin, ich bin eine Schlesierin!“ „Weiß ich, und das ist ja noch schlimmer. Schlesier – tun überall Zucker und Essig rein, egal ob Bohneneintopf, Kartoffelsuppe oder Pichelsteiner, von wegen süß-sauer. Ahbah, da dreht sich ja sogar dem mit Glutamat geschmacksnervtötenden Chineserer der Magen um. Und der Gipfel eurer Kochkunst? Ihr siedet geräucherten Schweinebauch zusammen mit Backobst, Zimt und Zitronenschale in Wasser, klatscht eine Mehlschwitze dazu, und das ist für euch das kulinarische ‚Himmelreich‘! Und dazu gibt's natürlich eure papperten ‚Kließla‘ ...“

O weh, bei dem Thema zuckt der Vater jetzt. Als er zum ersten Mal bei den zukünftigen Schwiegereltern zum Essen eingeladen war, servierte man ihm natürlich diese schlesischen Knödel, die ähnlich wie italienische Gnocchi aus gekochten Kartoffeln und Mehl gemacht werden und anders als die bayerischen Reiberknödel äußerst klebrig sind. Vater kannte sie nicht, nahm einen großen Bissen, der sich dann regelrecht an seinem Gaumen festgesaugt hatte und sich allen Versuchen, ihn ohne Einsatz der Hände da wieder wegzubekommen, standhaft bzw. hafthaft widersetzte. Um keine peinliche Situation heraufzubeschwören, gab er vor, etwas kränklich zu sein und von daher nicht viel essen zu können, und sah mit knurrendem Magen seiner Braut und ihren Eltern beim Speisen zu. Seit diesem Tag hat er nie wieder von den Dingern gekostet.

„... jedenfalls bist jetzt seit über 60 Jahren in Bayern und weißt immer noch nicht, wie man einen Schweinebraten mit Kruste hinkriegt, indem man ganz einfach den Braten nicht mit der Schwarte nach unten in die Soße legt." Aber vielleicht braucht's zu einem guten Schweinebraten ja wirklich die urtümliche Ruhe, ja fast phlegmatische Gelassenheit der Bayern: Rein das Teil und in Ruhe vor sich hin schmurgeln lassen. Damit nichts verbrennt und verkohlt, ab und zu etwas Flüssigkeit (Wasser, Bier oder sich sammelnder Bratensaft) drübergießen – aber ansonsten sich nix drum scheren.

Etwas in Ruhe zu lassen aber ist der Mutter Stärke nicht. „Neulich im Fernseh, da haben's der Schuhbeck und der Wepper, und das sind ja wohl beide hundertprozentige Bayern, genauso gemacht." „Schmarrn! Wenn du's genau so gemacht hättest, dann gäb's ja jetzt eine Kruste. Außerdem klappt das Rezept nicht immer – ich hab das nämlich im Internet nachgelesen: Schweinebauch am Tag vorher mit Salz und Pfeffer einreiben, anbraten nur auf der Fleischseite, danach kommt er zusammen mit vorher gebräunten Knochen, Röstgemüse und Brühe mit der Schwarte nach unten für etwa eine Stunde bei 140 Grad in die Röhre, erst danach wird die weich gegarte Schwarte eingeschnitten, dann kommt der Braten mit der Schwarte nach oben wieder rein und schmort, jetzt bei 160 Grad, noch mal eine Stunde – ohne dass man ihn noch mal umdreht! So. Aber einige,

die das genau so gemacht haben, waren gar nicht begeistert vom Ergebnis."

Und fragten nach in diversen Internetforen, in denen heftigst darüber diskutiert, ja philosophiert wird, wie man überhaupt eine und gar die bestmögliche Kruste hinbekommt. Schon bei der Wahl des Fleisches gehen die Meinungen auseinander. Die einen empfehlen Schulter oder Nacken, den anderen, wie Schuhbeck, kommt nur Bauch (bayr. „Wammerl") in die Röhre. Ganz anderen wiederum ist das völlig wurscht – Hauptsache, das Fleisch stammt von einem Tier, das unter einem Erd-Sternzeichen geboren und bei zunehmendem Mond von einem fussel- oder wenigstens vollbärtigen Metzger geschlachtet wurde.

Um nun die optimale Kruste zu kreieren, empfehlen einige, das Fleisch mit der Schwarte nach unten einen Tag lang in Wasser einzulegen, damit sie weich wird. Das wäre das Schuhbeck'sche Verfahren in Zeitlupe, quasi. Orthodoxe Krustenphilosophen hingegen lehnen das Einlegen der Schwarte in egal welcher Form und Flüssigkeit auch immer kategorisch ab. Erlaubt ist ihnen nur das rituale Salben der geritzten Schwarte mit Salz. Extrem verstiegene Hohepriester (vermutlich inuitischer Abstammung) gebieten ihren Jüngern gar, die Schwarte vor dem Braten mit einem Schaumlöffel (!) weichzuklopfen. Und absolut Verzweifelte, die es im wahren Wortsinn einfach nicht gebacken kriegen, fordern die Züchtung einer neuen Rasse: Anstatt sich mit doofen Schafen („Dolly") zu beschäftigen, sollte die Genforschung ein „Krustenschwein" schaffen, dem schon zu Lebzeiten eine stattliche Kruste erwächst. Nun ja, ein kulinarisches Krustentier mehr ...

Konsens herrscht bei diesem Glaubenskrieg allerdings in zwei wesentlichen Punkten: 1. Die Schwarte nur bis zur Fett-, nicht bis zur Fleischschicht einschneiden. (Niemals Verkäuferinnen oder Metzger darum bitten, die nehmen dazu nämlich gern ein Tapetenmesser und ritzen damit bis zum Anschlag.) 2. Die einmal eingeschnittene Schwarte nimmermehr nach unten legen – egal ob zum Anbraten oder Einweichen. Nach dem Ritzen hat der Braten bis zum Schluss mit der Schwarte nach oben zu liegen. Aus!

Alles andere ist, wie wohl immer beim Kochen, eine gesunde Mischung aus Erfahrung und Experimentieren: also probieren, probieren – und: probieren! Bis die Schwarte kracht. Mir indessen bleibt vorderhand nur eins: Ich muss Mutters verkrustete Stukturen in der Küche aufbrechen, will ich eine halbwegs strukturierte Kruste haben – und wenn ich mich dazu höchstselbst mit dem alten Ochsenfiesel vom Opa selig in die Kuchl hocken muss.

„LIEBER DIE ERDBEERE ALS DIE TORTE"

URS WILLMANN IM GESPRÄCH MIT DEM FOTOGRAFEN HANS HANSEN

Es ist manchmal gruselig, was Werbeplakate mit dem Versprechen, Natürliches abzubilden, wartenden U-Bahn-Gästen zumuten: stocksteife Sahnehauben, weihnachtlich glitzernde Grilladen. In der Absicht, Happen appetitlich abzubilden, scheut mancher Werbefotograf offenbar nichts. Einen weitaus gepflegteren Stil kennt man von Hans Hansen. Er ist einer der bedeutendsten zeitgenössischen Produkt- und Sachfotografen Deutschlands, Mitglied des Art Directors Club, Ehrenmitglied im Bund Freischaffender Foto-Designer. Seine Aufnahmen erscheinen in „Stern", „Geo" oder „Vogue". Bei der Umsetzung fotografischer Ideen setzt Hansen auf eine minimalistische Licht-Dramaturgie, eine klare Formsprache, und er verzichtet auf jeglichen Firlefanz. Die Objekte, egal ob Äpfel, Stühle, Lampen oder Automobile, sollen ihren Charakter zentral zur Geltung bringen. Hansen, 1940 in Bielefeld geboren, lebt und arbeitet seit 1967 in Hamburg.

Herr Hansen, wie wirkt Seifenschaum in der Espressotasse?
Hans Hansen: Das müssen Sie andere fragen.

Aber Sie haben in den vergangenen Jahrzehnten oft Nahrungsmittel fotografiert. Wo haben Sie getrickst?
Ich trickse nicht. Die Lebensmittel, die ich fotografiert habe, konnte man im Nachhinein immer noch essen. Kamera, Film, Licht, das sind meine Zutaten.

Der Dampf über dem Teller stammte nie von flüssigem Stickstoff?
Musste das Kartoffelpüree vor sich hin dampfen, habe ich im Stu-

dio eine Herdplatte aufgebaut. Die Food-Designerin hat Kartoffeln gekocht, und dann hat es real gedampft. Wissen Sie, diese Zeit, in denen die Food-Fotografen mit allen möglichen Tricks gearbeitet haben, ist sowieso vorbei.

Zum Beispiel mit Autolack als Früchteglanz.
Da wird mir übel, wenn ich nur daran denke. Ich versuche, andere Bilder zu machen als die, die man sonst so macht. Ich fotografiere, wenn es geht, nicht den Teller mit einem fertigen Gericht darauf, sondern versuche, das Lebensmittel, das vorgestellt werden soll, selbst in Szene zu setzen.

Keine nachträgliche Retusche?
Nein.

Heute, mit den Digitalkameras, ist es doch für den Fotografen kein Problem, im Nachhinein das Bild ein bisschen zu perfektionieren.
Ich benutze keine Digitalkamera.

Womit arbeiten Sie?
Ganz traditionell mit 4 mal 5 Inch, Großformat. Ich bin ernsthaft dagegen, dass die Fotografen so schnell diese alte Geschichte mit den Filmen aufgeben. Die denken wohl, mit der Digitalkamera sei es das Gleiche. Ist es aber nicht. Die klassische Fotografie bleibt, und es wird auch immer Menschen geben, die den Ausdruck dieser Farben und die Gestaltungsmöglichkeiten dieser Technik mögen.

Hamburger
Cheeseburger
Cevapcici
Bratwurst
Currywurst
Rindswurst
3,–
3,50
4,–
4,–
5,–
4,–
Herr Wirt, das ist keine Speisekarte, das ist Literatur!
GRESER & LENZ

Was tun, wenn ein Bild nicht perfekt gelingt?

Was heißt denn schon perfekt? Akzeptiert letztendlich der Verbraucher – wegen der Fotos, die er ständig sieht – die Güter nicht mehr, die chemisch nicht präpariert sind: Dann ist es höchste Zeit, etwas zu ändern. Die meisten Kunden im Lebensmittelgeschäft akzeptieren nur noch das Makellose. Die Spitzengastronomie stellt nur noch Teller auf den Tisch, die wie fotografiert aussehen. Und Kinder essen keine Bananen mehr, auf denen braune Flecken sind. Das Natürliche gilt als unappetitlich.

Jetzt übertreiben Sie.

Es gibt natürlich die grüne Bewegung. Manche akzeptieren mittlerweile wieder, dass Äpfel unterschiedliche Größen aufweisen und Flecken und Würmer mit deren Existenz zu tun haben können. Hier bekommt das Natürliche eine neue Akzeptanz. Ähnliches sehen Sie in der Modefotografie. Unter den Modells tauchen wieder richtige Typen auf. Diese schleichende Abkehr vom Perfektionswahn vollzieht sich in vielen Bereichen. Natürlich streben viele noch immer die Makellosigkeit an. Aber die Abkehr davon vollzieht ein stetig größer werdender Anteil der Bevölkerung.

Welche Tricks gestatten Sie sich, wenn Sie Bilder von Esswaren machen?

Diejenigen, die auch die Hausfrau oder der Koch kennt. Wenn ich ein bisschen Zitrone auf die Apfelscheiben träufle, damit die Oberfläche nicht braun wird, dann ist das völlig legitim. Ein natürliches Hilfsmittel, das den natürlichen Zustand erhält, ist keine künstliche

Einflussnahme. Selbstverständlich kommt in meinem Atelier auch Salz an die Bohnen: was für ein Grün!

Bei Ihnen wird gekocht wie bei Muttern?
Das Fleisch brät man fürs Foto weniger dunkel als zu Hause auf dem Grill. Aber es ist richtiges Fleisch, ohne Fensterglanz, Klarlack oder Acrylfarbe. Und wenn ich mal Eis zu fotografieren hatte, fotografierte ich stets Eis. Es gab natürlich Kollegen, früher, die zu allem Möglichen gegriffen haben, um Eiskugeln angeblich attraktiv in die Illustrierten zu bringen ... und zum Schluss sprühten sie ein bisschen Rasierschaum drauf ...

Welches ist das widerspenstigste Lebensmittel, das Ihnen begegnet ist?
Keines. Es gab unterschiedliche Schwierigkeitsgrade, um den Dingen fotografisch gerecht zu werden.

Das interessanteste Lebensmittel?
Alles hat seinen Reiz. Die Kartoffel ist genauso interessant wie der Fisch. Es gibt unglaublich viele Sorten, jede sieht anders aus. Die Knollen haben ein unscheinbares Äußeres und ein wunderschönes Inneres. Aber auch die Schale hat eine faszinierende Struktur, wenn man sehr genau hinsieht, sehr nah rangeht. Achtet man auf diese Dinge, kann es reizvoller sein, ein Gericht in einer Zeitschrift einzig mit der Hauptingredienz im Rohzustand zu illustrieren. Ich zeige lieber die Erdbeere als die Torte.

Wie gefallen Ihnen die Fleischtheken in deutschen Supermärkten?
Viele sind furchtbar, und auch da werden Sie manipuliert. Die legen die Fleischscheiben so hin, dass sie appetitlich aussehen ...

...und dabei vergammeln die einst frisch geschnittenen Schinkenscheiben dank der permanenten Sauerstoffzufuhr...
Aber all das sehen Sie nicht! Wegen des Lichts! Achten Sie mal auf die Beleuchteung der Fleischtheken. Das Licht verstärkt die Farben, jede Schulter sieht aus wie frisch geschlachtet. In der Gemüseabteilung derselbe Betrug. Alles sieht super frisch und bunt und leuchtend aus. Wenn Sie aber die Tomaten zu Hause aufs Rüstbrett legen, verschlägt es Ihnen gleich den Appetit. Nicht einmal auf dem Markt sind Sie vor Manipulation durch Kunstlicht sicher. Sie fahren glücklich beladen nach Hause, packen die vermeintlich schöne Beute aus und denken: Was ist das denn hier?

Der Gemüsehändler hat vom Fotografen gelernt.
Die Manipulation ist in der Tat nicht nur ein Sport der Fotografen. Die Fotografie hat zu diesem Schlamassel beigetragen, indem sie die Sehgewohnheiten der Kunden veränderte – das Perfekte ist normal geworden. Deshalb bin ich dagegen, dass am Rechner noch wild in Schnitzelfotos herumretuschiert wird, wie es bei den Modells auf den Titelblättern der TV-Programmzeitschriften passiert.

Aber Sie haut keiner übers Ohr!
Ich habe durch meine Arbeit sicher ein wenig gelernt, dem Schein nicht zu trauen.

Ein Beispiel?

Gurken! Kaufen Sie mal ein Glas Gewürzgurken: was da außer Gurken drin schwimmt, hat nichts mit dem Geschmack zu tun. Die Geschmackserfahrung des Gaumens ist das Resultat von Geschmacksverstärkern, hat aber kaum etwas mit diesen Gewürzfetzelchen im Gurkenwasser zu tun! Das ist doch Attrappe.

Wo kaufen Sie da noch vertrauensvoll ein?

Auf dem Biohof, bei mir auf dem Land. Ich bin ein kritischer Einkäufer und versuche einfach, möglichst selten ein Opfer von Manipulation zu werden.

Wenn Sie kochen, was kommt da auf den Teller?

Ich liebe einfache Gerichte über alles und verabscheue Dekorationen. Die Dinge sollen als schlichte erkennbare Objekte auf dem Teller liegen. Pasta mit etwas Öl. Brot. Viel muss da nicht sein.

SCHÄLEN, STÜCKELN, SCHNIPSELN

RÜDIGER KIND

Als der Ansager im rot-weiß karierten Holzfällerhemd „Paul Öklund und seine Schwedische Fiedel“ ankündigt, gerät das Publikum des europäischen Kartoffel-Festivals im belgischen Brügge völlig aus dem Häuschen. Und in der Tat, was der hochgewachsene Schwede mit seinem selbst entwickelten Schälwerkzeug vorführt, grenzt ans Wunderbare. In Sekundenschnelle befreit er die beliebte Feldfrucht von ihrer unansehnlichen Schale und zerteilt sie mit der Präzision eines Uhrmachers in frittengerechte Streifen. Mit Sicherheit ist Paul Öklund einer der heißesten Anwärter auf den Titel des europäischen Frittenkönigs.

Was der von fern her angereiste Beobachter der Show nicht für möglich gehalten hätte – der Jubel des kartoffelverrückten Publikums steigert sich ins Frenetische, als der Teilnehmer mit der Startnummer 27 in den Ring steigt. Lokalmatador Jackie „the Ripper“ Riesendonck ist ohne Zweifel der Publikumsliebling. Mit seinem Moulinex ist er der unübertroffene Meister des Kartoffelschälens mit elektrischem Schneidemesser – die Liste seiner Auszeichnungen liest sich wie ein Who’s who der internationalen Schälergilde.

Warum aber der Hype um Starter Nr. 27? Zum einen ist Jackie Riesendonck eben 72 geworden und zum anderen verlässt er, Postbeamter im Ruhestand, jedes Jahr seinen wohlverdienten Schaukelstuhl im romantischen Gent und stellt sich von neuem der Weltschälelite. Riesendonck, dessen Vater als Küchenhilfe arbeitete und von dem er das Schälmesser gewissermaßen in die Wiege gelegt bekommen hat, trat 1962 zum ersten Mal bei einem Wettbewerb an und deklassierte aus dem Stand den damaligen Titelträger Jan Palowski aus Quedlinburg.

Seit über 40 Jahren ist Jackie the Ripper fester Bestandteil der Kartoffel-Karawane, die im Herbst durch Europa tourt. Die verschiedenen Sportarten rund um den Erdapfel faszinieren nicht nur im ländlichen Raum. „Die Kartoffel-Show gibt den Leuten ein Gefühl für ihre Wurzeln“, sagt Tom Settler, der die Veranstaltung seit fünf Jahren organisiert. „Sie befriedigt die Sehnsucht der Menschen nach Heimat, nach Erdung.“

Kartoffeln sind aber nicht nur zum Schälen da. Ein zunehmend junges Publikum verlangt nach Action und Fun. Mit drögen Schälwettbewerben sind die Kids der Spaßgesellschaft nicht mehr hinter der Spielkonsole wegzulocken. Neue Sportarten ergänzen deshalb seit einigen Jahren die traditionellen 3-S-Wettkämpfe Schälen, Schnipseln und Stückeln. Der neueste Hit: Kartoffelschießen. Nach dem Vorbild des Tontaubenschießens werden dabei Kartoffeln mit einem Katapult in die Höhe geschleudert und müssen mit einem Gewehr abgeschossen werden.

Ein weiteres Highlight, das vor allem beim männlichen Nachwuchs gut ankommt, stellt eine Variante des Baseballspiels dar. Statt eines Balls wird – wie könnte es anders sein – ein Prachtexemplar einer Süßkartoffel in Richtung des „Schlagmanns“ geschleudert, der versuchen muss, mit einem schweren Gemüsemesser die Kartoffel in der Luft zu zerteilen. Der koreanische Kartoffel-Meister Kim

Fong Djiu führt dabei eine so schnelle Klinge, dass er in der Lage ist, die ihm zugeworfene Feldfrucht mit blitzschnellen Hieben in gleich mehrere pfannenfertige Schnitze zu zerteilen. Ein Ausnahmekönner, der sich auch nicht zu schade ist, beim großen Kartoffelschmaus zum Abschluss des Festivals eigenhändig sein legendäres koreanisches Kartoffelfondue anzurichten. Ist das Fest zu Ende, macht sich das Publikum gestärkt auf den Heimweg. Nun kann der Winter kommen, die lange Zeit des Trainings an der Knolle.

Mann, die Suppe schmeckt ja wieder eklig. Willste mich umbringen?
Ja.
www.oz-cartoon.de

HAMMELKOPF

CENK BEKDEMIR

„Geh mal zum Schlachter und hol einen Hammelkopf!"
Das ist die Stimme meines Vaters. Ich soll zum Schlachter gehen und einen Kopf verlangen und den in einer Plastiktüte nach Hause bringen. Einen Kopf! Mein Vater will den essen, darin besteht kein Zweifel. Das ist in der Türkei nicht unüblich. Ich frage auch kein zweites Mal nach, ist ja auch ein besonderer Wunsch, und die Verhältnisse sind klar. Er spricht und ich gehe.

Also gehe ich. Und zwar an den Bahngleisen und den Schrebergärten vorbei zur Ladenpassage, zu Schlachter Mainz. Da geht es auch zum Schwimmbad, zum Lottoladen und zur Trinkhalle. Da gehen wir immer hin, um Schnoopkram zu kaufen, so Lakritze und Weingummi, Schokolade und Eis und alles eben, was gut ist. Aber mit einem Kopf in der Tüte an der Hand bin ich da noch nie langgelaufen. Da stehe ich nun in der Ladenpassage, vor der Schlachterei und denke an Dicken-Markus, den Sohn vom Schlachter, der aussieht wie ein Sohn vom Schlachter. Der geht mit meinem jüngeren Bruder in eine Klasse.

Dann stehe ich im Laden, vor der Fleischertheke und höre mich sagen: „Ich hätte gerne einen Hammelkopf." Ist natürlich übertrieben, aber Schlachter Mainz beugt sich vor und schaut auf mich herab: „Nee Jung, einen Hammelkopf muss ich erst bestellen, den kannste morgen abholen." Hm, komisch. Den gleichen Weg ohne Kopf zurück nach Hause. Zu schnoopen kann ich mir auch nichts holen, erstens, weil ich kein Wechselgeld habe und zweitens, weil mir nicht so danach ist.

Mein Vater kommt abends hungrig von der Arbeit: „Dann holst du den morgen gleich nach der Schule – und bring die Rechnung mit!"

Am nächsten Tag bekomme ich den Kopf. Ich stehe wieder vor der Theke und sehe die dicke Frau Mainz nach hinten verschwinden. Das Ding ist schon verpackt. Ich bezahle und bekomme die Plastiktüte in die Hand. Ist nicht schwer, aber doch anstrengend. Meinen Arm im rechten Winkel von mir gestreckt, laufe ich nach Hause. Ich hoffe niemanden zu treffen. Was sollte ich da sagen? „Och, da is´n Kopf drin, hab ich grad gekauft!" Ich stelle mir vor, wie die Blicke an mir hoch und runter und über die Tüte wandern. Die ganze Vorstellung wird von Stimmen begleitet: „Iih, der läuft mit ´nem Kopf rum! Äh!"

Zu Hause lege ich die Tüte auf den Küchentisch und verschwinde in mein Zimmer. Wie das Ding wohl aussieht? Ich kenn ja so Sachen aus dem Fernseher und so, aber hier, in der eigenen Küche?! Na ja, ich werde es ja sehen, heute Abend, Hammelkopfzubereitung.

Es ist so weit. Und gar nicht so schlimm. Da liegt ein knochiger, roter Schädel ohne Augen und grinst. Also, der hat ja noch sein Gebiss, und das sieht so aus, als wenn ein noch lebendiges Tier sein Gebiss vorbei an den Lippen zu einem Grinsen schieben würde. Nur hat der Hammelkpof ja keine Haut mehr und ein Dauergrinsen. Etwas geölt und gewürzt, verschwindet er im Ofen. Mein Vater, meine Brüder und ich – meine Mutter findet das nicht so interessant – sitzen in der Küche vor dem Ofen. Vielleicht etwa so stolz wie im Film, wenn Papa-Cowboy Sohn-Cowboy in die Jagd einführt und die Beute endlich über dem Feuer aufgespießt und begutachtet wird. Nur wissen wir Kinder, dass wir davon nichts essen werden. Natürlich fragt unser Vater, aber nachdem er unsere schüchterne Ablehnung mitbekommt, sagt er: „Aber Jungs, das schmeckt gut und ist gesund."

Ja ja, klar, denken wir. Aber mein Vater lehnt sich zurück und fängt an zu erzählen: „Das haben schlaue Leute gegessen damals, da gibt es auch eine Geschichte dazu. Damals im Osmanischen Reich gab es die Todesstrafe, und die wurde verschieden ausgeführt. Eine war, dem Verurteilten ein karges Essen nach seinem Wunsch in die Zelle zu geben, und das musste er dann so lange essen, das heißt Tag für Tag, bis er an dem ewig gleichen Fraß krepiert ist. Das ging manchmal ganz schnell. Aber eines Tages wurde ein Mann verurteilt, ein schlauer Mann, und der forderte einen Hammelkopf. Was keiner wusste, war, dass in so einem Hammelkopf verschiedene Spezialitäten, zum Beispiel die Zunge, zu essen waren. So konnte er jeden Tag etwas anderes vom Kopf essen. Am Hof hat man sich schon gewundert, warum dieser Verurteilte noch nicht gestorben war. Der Sultan ließ also herausfinden, was es damit auf sich hatte. Nachdem das Geheimnis gelüftet war, beschloss der Sultan, einen so schlauen Mann zu begnadigen und diese Art Todesstrafe abzuschaffen."

Meinem Vater schwillt stolz die Brust. Essen werden wir trotzdem nichts, und verurteilt sind wir ja auch nicht.

FROSCHVERZEHR MIT BEIGESCHMACK

KRIKI

Der Frosch musste sich schon immer einiges gefallen lassen. Im Märchen vom Froschkönig zum Beispiel wurde er nicht geküsst, sondern knallhart an die Wand geworfen. Aber auch im richtigen Leben spielte man ihm übel mit, seitdem die Kirche ihn zum Freiwild gemacht hatte. „Froschspeysen“ waren nämlich wegen der „Kaltblütigkeit“ des Amphibs in der Fastenzeit erlaubt, und dem darbenden Christen wurden pro Person zwischen einem Dutzend und 20 Froschschenkelpaare zugestanden.

Nachdem der Frosch mit Angel, Netz und Kescher gefangen war, riss man dem Tier gleich vor Ort die Hinterschenkel bei lebendigem Leib aus dem Körper. Damals glaubte man noch, dass die Beine nachwüchsen – ein Irrglaube, der vermutlich der Beobachtung geschuldet war, dass das bei seinem nahen Verwandten, dem Molch, angeblich tatsächlich passieren kann. Zumindest kann dieser einzelne Gliedmaßen regenerieren, auf zwei mußte er vermutlich selten verzichten, da er nicht auf dem Speisezettel des Menschen steht.

Zu seinem Unglück ist dem Frosch keine erstaunliche Regenerationskraft, sondern nur eine erschreckende Leidensfähigkeit zu eigen. Wie der Schweitzer Pressedienst „Protection“ vermeldet, zuckt ein abgeschlagener Froschkopf noch nach 40 Minuten mit den Augenlidern. Um einen Frosch sofort zu töten, reicht es also nicht, den Kopf abzutrennen, sondern man muss sein Gehirn zerstören. Eigentlich nichts Unmögliches, aber die Forschung war eher an der Leidensfähigkeit des Frosches und der Leitfähigkeit seiner Nerven interessiert.

DEM HERRN HAT'S ALSO NICHT GESCHMECKT?!

Um ein nächstes unheilvolles Kapitel in der Leidensgeschichte der Frösche aufzuschlagen, begeben wir uns nach Italien. Dort isst der Einheimische nicht nur die Schenkel, sondern den ganzen Frosch, der dazu „förmlich gemästet“ wird, wie der Brockhaus von 1838 berichtet. Diese besondere Liebe zum Frosch sollte uns eine obskure Geschichte bescheren, die uns der Wissenschaftler Luigi Galvani auftischte. Dieser machte mit seinem Assistenten am 6. November 1789 in seinem Laboratorium Versuche mit einer starken Reibungselektrsiermaschine. Frau Galvani, die gern in Fett gesottene Froschkeulen aß, war krank, und ihr aufmerksamer Gatte wollte ihr zur Stärkung eine Brühe aus Froschkeulen bereiten. Dazu besorgte er Frösche und bereitete diese in seinem Laboratorium (!) zu. Er trennte die Schenkel zusammen mit einem kleinen Teil des Rückens vom Rumpf und zog die Haut ab.

Inzwischen erzeugten seine Assistenten mit der Elektrisiermaschine lange Funken. Und wie es der Zufall wollte, zuckte das Bein des Frosches wie lebendig zusammen, als Galvani einen Nerv mit dem Seziermesser traf und der Assistent gleichzeitig einen langen Funken erzeugte. So entdeckte Galvani also die Elektrischen Kräfte der Muskelbewegung und wurde reich und berühmt.

Eine schöne Geschichte, mit der der saubere Herr Galvani seine gezielten Tierversuche vertuschte und noch als treusorgender Ehemann dastand. Die Uni München stellte übrigens die Fabel des Forschers ins Netz – wahrscheinlich werden von den Studierenden dort immer noch Versuche am Froschnerv zu Demonstrationszwecken angeboten, die auch dem Autor dieses Beitrages im Rahmen seines Biologiestudiums nicht erspart blieben.

Der Wissenschaft brachte der Frosch also zwei Jahrhunderte lang seine Opfer, aber an der kulinarischen Front zeichnete sich Entspannung ab. Der Schmeil erwähnt in allen seinen Schulausgaben von 1910 bis 1960 den Verzehr des Frosches durch den Menschen, doch zu Beginn der Sechzigerjahre fällt diese Erwähnung fort. Sollte die Zivilisation das Kapitel des Froschverzehrs zugeschlagen haben?

Der Friede währte nur kurz und setzte in Frankreich wohl nie ein, denn in den Siebzigerjahren wurden bereits große Tonnagen Froschfleisch aus Indien, Bangladesch und der Türkei nach Frankreich exportiert. Heutzutage sollen in Frankreich über 150 Millionen Froschschenkel verzehrt werden. Mit dem Franzosen können wir selbstverständlich nicht mithalten, aber 2001 sollen immerhin schon eine Million Frösche für deutsche Gourmets ihr Leben gelassen haben, wie Frau Winkenbach in der Welt am Sonntag errechnete. Dazu wurde den Importfröschen bei lebendigem Leibe die Haut am Kopf eingeschnitten und dann abgezogen. Die Schenkel wurden anschließend abgeschnitten oder ausgerissen. So hat sich der Asiate die schöne Überschrift „Asiaten quälen Frösche für Export nach Deutschland“ dann wohl auch redlich verdient.

Trotzdem ist das deutschsprachige Internet ist voll von leckeren Froschrezepten. „Der traut sich was, sogar an die oft verpönten Froschschenkel.“ tönt eine junge wilde Restaurantkritik im Internet (www.marcellino's.de). So ganz geheuer ist das den Freaks von der fleischfreak-Website allerdings nicht, sie fragen: „Ob die Horrorgeschichten stimmen, die man so hört? Den Fröschen sollen die Schenkel bei lebendigem Leib ausgerissen werden... Wer Näheres darüber weiß, bitte Feedback geben." Dazu meldet sich Phillip, der schreibt: „Ja, den Fröschen werden die Schenkel bei lebendigem Leib ausgerissen, weil die sonst zäh sind ... aber in dem Moment, wo die Wirbelsäule bricht/reißt spüren sie nichts mehr ... ist zwar grausam, aber sie schmecken mir trotzdem."

Nicht ganz richtig, Phillip: die Schenkel spüren vielleicht nichts mehr, der Rest schon, denn der wird einfach als Abfall weggeworfen. Doch der Frosch, der das Glück hat, lebendig nach Europa verfrachtet zu werden, kann mit guter Behandlung rechnen: „Im übrigen ist darauf zu achten, dass die Frösche in nicht mehr als zwei Lagen übereinander geschichtet werden." (Aus den Schweizer Einfuhrbedingungen für lebende Frösche und Froschschenkel)

Ob die Frösche es wenigstens in ihren Froschfarmen vorher gut gehabt haben? Denn von Froschfarmen und dort gezüchteten Tieren ist immer wieder die Rede, was die Angabe von Zoologen zu bestätigen scheint, dass nur der amerikanische Ochsenfrosch gezüchtet werden kann. Mit anderen Worten: der Asiate muss den Frosch erstmal fangen, bevor er ihn quälen kann. Auf ein Luxusproblem wie Artenschutz kann der Froschfänger naturgemäß dabei keine Rücksicht nehmen, da er wohl kaum mit dem Bestimmungsbuch losziehen wird. Alles kommt also in den großen Sack, was nicht davonhüpfen kann. Allerdings schlägt die Natur zurück: Durch das großflächige Dezimieren der Frösche in ihren Ursprungsländern vermehren sich die Mücken, es kommt zu häufigerem Auftreten der Malaria, DDT wird eingesetzt – mit den altbekannten Folgen.

Eine weitere Folge besteht darin, dass entsprungene Importfrösche die einheimische Fauna aus dem Gleichgewicht zu bringen drohen. So leben bei Bordeaux bereits 5000 männliche Ochsenfrösche, die alle anderen Frösche gnadenlos verschlingen und so ausrotten. Aber immerhin ein besseres Ende, als vom Menschen erwischt zu werden.

Dornröschen

MARKAB, SCHEAT UND ALGENIB

EINE ERINNERUNG AN F.K. WAECHTER VON VINCENT KLINK

Die Dämmerung war schon fortgeschritten. Er kam aus dem Dunkel, stand einfach da im Licht, oder er war das Licht. Egal – nein, nicht egal: Ihm wäre es unauffälliger lieber gewesen. Jedenfalls verharrte er am Entree und traute sich nicht weiter. Er wirkte so scheu wie ein Kind beim Schwimmkurs. Wo war sein Gesicht? Sein silbernes, langes, engelslockiges Haar verbarg ziemlich viel von dem, was den großen, schlanken und schönen Mann ausmachte. Die Haare dienten ihm als Vorhang – was ihn auch leicht gebeugt gehen ließ. Er wirkte, als hätte er sich gern einen Tunnel zu dem Tisch gegraben, den ich ihm zuwies.

Er bekam eine sichere Ecke und schaute dann mit leuchtenden Augen auf den Koch. Ich merkte gleich, er vertraut mir, und dann war er ja auch mit seiner engeren Verwandtschaft da, und die ganze Corona war in Genießerlaune.

Das Ganze war selbstverständlich ein Komplott. Ich hatte die Verwandtschaft des Künstlers angezapft – ob sie nicht auf den Meister sanft einwirken könnte? Könnte er nicht für den *Häuptling* irgendetwas kritzeln? Irgendwann einmal, und auch nur ganz wenig, eigentlich nur ein zwei Zettelchen, ob mit Kuli oder stumpfem Blei, ob auf Küchenkrepp oder Faxpapier? Egal, könnte ER nicht irgendwelche Brosamen seines künstlerischen Tableaus ins Werkdruckpapier des *Häuptling* rieseln lassen?

In meiner Küche war die Hölle los – ein versalzenes Gericht, ein minimaler Küchenunfall, und das Attentat würde missglücken. Ich war aufgeregt wie zu Schulzeiten, als ich mir bei den Bundesjugendspielen eine Siegerurkunde ertrotzte. So ein Moment war nie wieder gekommen, meine Meisterprüfung im Brennes Parkhotel in Baden-Baden war dagegen ein Klacks, den ich alkoholgestützt auf Autopilot absolviert hatte. Doch heute war es wie damals auf dem glutheißen Sportplatz, ich war dem Kollaps nahe.

An Tisch sieben kamen infam gewichtige Weine zum Einsatz. Ein Hinterhalt nach dem anderen wurde gelegt, angefangen bei Pâté de Cailles, über Taschenkrebse zu Trüffeln und geheimnisvollem Gänselebersoufflée. Letzteres war geradezu mystisch-stimulierend, da ich von einem Mitglied der Frankfurter *Titanic*-Boygroup äußerst aromatisches Haschischgras zugekauft und so mein Spezereienregal zu einem Ort der Wunder gemacht hatte. Das Soufflee war optimal gewürzt worden, mir blieb nur noch das Abwarten. Soll noch mal einer behaupten, mit einem Gewürz käme man gut durchs Leben. Diesem Minimalismus hing keiner der Anwesenden an.

Genießen bedeutet ja auch immer das Wandern zu unterschiedlichen Ebenen, vom Rohen zum Gekochten, vom Festen hin zu leichter Viskosität. Ein Jahrgangs-Portwein musste her, und die Phalanx all der unterschiedlichen Halluzinogene zeigte alsbald vortreffliche Wirkung.

Der Meister, bekannt als ein notorischer Anzweifler seiner selbst, wollte so gern für mich den Bleistift führen, aber er könne nicht – er sei schöpferisch erloschen. „Ich habe schon ewig nichts mehr gezeichnet, mir fällt einfach nichts mehr ein!", lautete sein Lamento. Ich saß zerschmettert in meinem Stuhl und rang um eine rettende Idee. Die Decke des Restaurants öffnete sich (ich hatte auch ordentlich von der Souffleemasse probiert, ständig abgeschmeckt eben), die Sterne leuchteten klar, und ich gewahrte einen neonartigen Streifen am Horizont der Nacht.

Da stand geschrieben: Keine Eingebungen mehr? Macht doch nichts, ich nehme auch Minimal Art, gern komplett ohne Idee! Ich griff hinten in meine Hosentasche, wo ich ein Skizzenbuch stecken hatte. Mit diesem leinengebunden Edelteil hatte ich als Jungspund mal versucht, in München an der Kunsthochschule zu reüssieren, weil ich, durchaus prophetisch, Kochen für den finalen Lebensplan als zu mühsam erahnte. Die leeren Seiten des Buchs sollten dem Prüfungsleiter als Dadaismus untergejubelt werden. Obwohl Bayer – so blöd war der Professor dann doch nicht. Welch glückliche Fügung für meine hungrigen Freunde und, was das Skizzenbuch anbetrifft, auch für mich. Ich übergab die jahrzehntealte Kladde. Sie hatte eine gewisse Aura, atmete irgendwie den Geist der klassischen Moderne. Trotzdem: Was dann geschah, erstaunte mich über die Maßen.

Nicht zu glauben: Der Pawlow'sche Reflex hatte auch F.K. Waechter überrumpelt. Er griff das Buch mit wild hungrigem Blick. Es folgte Gang um Gang, über kleine Fische an Pesto ging die Reise quer durch die Grande Cuisine, und in den Pausen war Waechter mit glühenden Augen am Zeichnen. Sein Kuli ging in die Kurven wie ein Formel-1-Monoposto. Der Meister raste, und wir hingen am

Tisch und feuerten ihn an. Es herrschte ein so orgiastisches Geschrei, dass die umliegenden Tische indigniert nach der Rechnung verlangten. Uns focht das nicht mehr an, wir waren in der Welt des Meisters gefangen, waren drinnen – und alle anderen waren Rest der Welt, waren draußen.

Er bot mir das Du an, und ich fiel fast in Ohnmacht. Kühler Champagner, von seiner Frau Nole über meine Lippen genetzt, brachte mich logischerweise besser hoch als das neutestamentarisch-probate Mittel des Essigschwamms. Gleichwohl war die Situation von biblischer Wucht. Ich weiß nicht mehr: Lagerten wir um den Künstler ganz wie die Jünger, oder logierten wir noch auf den Stühlen? Bei den Schnäpsen angelangt jedenfalls klappte Fritz das Skizzenbuch zu, schaute mich, die pure Freude, leuchtend an und jauchzte: „Es ist vollbracht!"

Der Abend ging zu Ende, mir blieb nicht mehr viel Zeit. Ich warf mich auf das Skizzenbuch, doch sein Haar flog, und er war schnell wie Pegasus mit knatternder Mähne auf dem Weg zum Olymp. Er entwand mir das Monument der Kreativität, das Objekt meiner heftigsten Sehnsüchte, und ließ es in seiner Tasche verschwinden. Ich keuchte, und er sagte ganz ruhig, wie ein liebenswürdiger Therapeut, gütig, verständnisvoll, leise und eindringlich: „Das ist alles nicht fertig, das muss auf Bütten übertragen werden." Ich ließ von ihm ab, denn er war von der zuverlässigen Sorte Mensch, die nie jemanden enttäuschen konnte, ein fabelhafter Spezialist der Selbstausbeutung.

Wir fielen uns in die Arme. Das Leben besteht aus ständigem Abschied. Singend zog die wunderbare Crew den Berg hinab, und ich wankte ums Restaurant, fiebrig wie damals, als man mir versehentlich die Weihnachtsgeschenke bereits eine Woche vor der Bescherung verraten hatte. An der Eingangstüre sah ich am Nachthimmel das Sternbild Pegasos, die drei Fixsterne Markab, Scheat und Algenib. Während ich diese Zeilen schreibe, hängen Wolken davor. Später werde ich nachsehen, ob sich nicht ein vierter Stern dazugesellt hat.

WENN DU EIN ECHTER
HARD-CORE-VEGANER
SEIN WILLST DANN

ISS FLEISCHFRESSENDE TIERE

REZEPTE

VINCENT KLINK

Weißweinsuppe

1/4 l	starke Fleischbrühe
3	Eidotter
1/4 l	Sahne
1/8 l	Terlaner Weißburgunder
1	Brötchen, in kleine Würfel geschnitten
1 MS	Zimt
1 TL	Butter

Brotwürfel in Butter abrösten und mit Zimt bestreuen. Brühe und Wein aufkochen. Die Sahne mit den Eidottern mischen und in die kochende Brühe mixen. Sofort vom Herd nehmen und ein bis zwei Minuten mit einem Schneebesen weiterschlagen, bis der Topfboden seine gesamte Hitze abgegeben hat. Anrichten, salzen und pfeffern und mit den Brotwürfeln garnieren.

Steinbutt mit Rotweinkraut

1	Steinbutt von 1,5 kg
1 TL	gehackte schwarze Oliven
1/2	Kopf Rotkraut
1/4 l	Johannisbeeressig gekocht und reduziert
30g	Puderzucker
3/4l	Rotwein
1 EL	Sojasauce
20g	Butter

1 MS	Nelke
1 MS	Piment
	Salz, Pfeffer aus der Mühle

Kraut in feine Streifen schneiden und mit dem gekochten Essig und einem halben Liter Rotwein übergießen, Puderzucker dazugeben, mischen und ein bis zwei Stunden marinieren. Dann bei offenem Topf 30 Minuten kochen, bis die Flüssigkeit eingekocht ist. Mit etwas Piment, Nelke, Pfeffer und Salz würzen. Butterflocken zugeben und unter heftigem Kochen das Kraut etwas abbinden.

Den Steinbutt in Butter in einer sehr großen Teflonpfanne auf der weißen Seite etwas anbraten. Nach fünf Minuten den Fisch wenden, so dass die dunkle (steinige) Seite oben liegt. Mit Sojasauce und etwas Rotwein untergießen und 15 Minuten dünsten. Mit zwei Schaumlöffeln auf eine Platte heben und im angewärmten Ofen noch zehn Minuten ziehen lassen. Den zurückgebliebenen Fond in eine kleine Kasserolle passieren, die Oliven dazugeben. Den Fond um die Hälfte reduzieren und mit einigen Butterflocken montieren.
Wird der Steinbutt zerlegt, so ist darauf zu achten, dass weiße Fleischteile nicht mit der Sauce übergossen werden. Das Rotkraut angerichten, nebenan das Steinbuttfleisch drapieren und mit der Sauce untergießen.

PS. Beim Einkauf darauf achten: Gute Sojasauce enthält kein Glutamat oder sonstige Zusätze.

Kalbsmedaillons in Weißwein

4	Kalbsschnitzelchen
1	Schalotte
1	Knoblauchzehe
2 EL	feingeschnittene, glatte Petersilie
1/8 l	Weißwein
2	Salbeiblätter
1 EL	Butter
	Salz, Pfeffer

Die Schnitzelchen pfeffern und salzen, von beiden Seiten jeweils zwei Minuten bei kleiner Hitze braten und warm stellen. In der Pfanne die Schalotten und den Knoblauch braun rösten und mit Weißwein ablöschen. Salbeiblätter beigeben und den Fond etwas einkochen lassen. Das Fleisch mit dem Saft in die Pfanne geben. Alles bei großem Feuer kurz aufkochen. Abbinden mit etwas Butter. Pfanne auf dem Herd kreisen lassen. Die Sauce sollte cremig dick sein.

Coq au Riesling

1	küchenfertige Poularde (Hähnchen) von etwa 1200 g
12	kleine Silberzwiebeln
150 g	Champignons in Vierteln
1 EL	Butter
	Salz, schwarzer Pfeffer

1/8 l	Bouillon
1/2	Flasche Riesling
1 Tl	Thymianblättchen
2 EL	gehackte Blattpetersilie
1/8 l	Sahne
1 TL	Mehlbutter
1	Knoblauchzehe
	Zitronenschale, Pfeffer, Salz
1	Bund Suppengemüse

Das Hähnchen innen und außen waschen und zerlegen. Knochen mit einem Bund Suppengemüse auskochen und passieren.
Brust und Keulen kräftig pfeffern und salzen. Zwiebeln mit den Geflügelteilen in Butter rundum hell braten.

Riesling und Bouillon zugießen, anschließend Thymian und Knoblauch zufügen. Die Brüste und Keulen etwa zehn Minuten durchkochen, dann die Brust entnehmen und warm stellen. Die Keulen benötigen die doppelte Zeit. Danach das Geflügel aus dem Topf nehmen und warm stellen. Geflügel entbeinen.

Den Fond absieben und um die Hälfte reduzieren. Die Champignons dazugeben, noch einmal kurz aufkochen. Den Fond mit etwas Mehlbutter binden und mit Sahne zu einer sämigen Sauce vereinen.

Waadtländer Weintarte Philippe Combe

Philippe Combe ist einer meiner bewunderten Freunde. Er kocht in Stein am Rhein im Restaurant Sonne. Er überließ mir dieses Rezept in einem unbedachten, sentimentalen Moment.

600 g	Weißwein
150 g	Puderzucker
25 g	Mondamin
1	Ei
1 MS	Zimt
	TK-Blätterteig (gute Qualität, z.B. Kattus)

Von dem Wein etwas entnehmen und damit die Stärke verflüssigen. Wein mit dem Zucker aufkochen. Die Stärke einrühren, drei Minuten kochen lassen. Das Ei vorher etwas schaumig schlagen und unter heftigem Schlagen in den Topf geben. Eine Minute kochen und rühren.

Passieren. Weinsauce abkühlen lassen.

Tarteform (Apfelkuchenform) mit Blätterteig auslegen, der Teig sollte mindestens einen Zentimeter am Rand hochragen. Teig mit einer Gabel einstechen. Weinsauce einen halben Zentimeter hoch einfüllen.

25 Minuten backen bei 200 Grad. Die Tarte etwas abkühlen lassen, dass die Weinsauce geliert. Lauwarm servieren.

DIE AUTOREN

CENK BEKDEMIR

Wurde als Sohn deutsch-türkischer Eltern in Marne/Dithmarschen geboren und lebt seit deren Landflucht in Hamburg. Er wirft mit Gedichten, aber auch auch mit Einladungen zum Weintrinken um sich.

AXEL BIESLER

Verfügt über eine solide Grundausbildung: Er studierte Germanistik und Soziologie, ist außerdem gelernter Winzer und Sommelier. Rat in allen Fragen erteilt er im Kölner Restaurant „Fischers".

ROGER BLUM

Der Berner Kommunikationsprofessor, Journalist und langjährige Präsident des Schweizer Presserats forscht nach den Strukturen von Mediensystemen in aller Welt, nach Prinzipien für guten Journalismus – und nach besonderen Weinen.

WIGLAF DROSTE

Der Junior-Herausgeber erhält Ende November den An nette-von-Droste-Hülshoff-Preis 2005. Der Komik, als Droste ein Droste-Preisträger zu sein, ist er sich bewusst – und empfindet es zum ersten Mal im Leben als Privileg, in Westfalen geboren zu sein.

FRITZ ECKENGA

Der Dortmunder Dichter schmiedet Rettungsreime, die im Kunstmann Verlag erscheinen. Auf der Bühne (Termine unter eckenga.de) trägt er aus seinem jüngsten Werk vor: „Jahreshauptversammlung meiner Ich-AG".

THOMAS GSELLA

Der Aschaffenburger Neubürger ist Chefredakteur des Satiremagazins *Titanic*. Zuletzt veröffentlichte er bei Reclam Leipzig seinen Gedichtband „Ins Alphorn gehustet".

RÜDIGER KIND

Lebt in München. Der bekennende Kartoffelsalat-Liebhaber baut in seiner Freizeit die Marienkirche aus selbst gemachten Pommes frites nach.

VINCENT KLINK

Vor sechs Jahren wurde Häuptling Eigener Herd in der Küche seines Stuttgarter Restaurants „Wielandshöhe“ entwickelt. Seit kurzem gehört zum Verlagsimperium der Edition Vincent Klink auch sein spiralgebundenes „Gängster Kochbuch“.

KRIKI

Wirkt als Doppelbegabung in Berlin (s. auch unsere Rubrik „Zeichner). Zuletzt schrieb er in Band 19 über menschliche Vielfraße.

LUDWIG LANG

Betreut die Website des Häuptlings und entwickelte hierfür unter anderem das narrensichere Bestellsystem nach Farben. Seine Schweinebraten-Missionsarbeit leistet er in Regenstauf.

CHRISTIAN MAINTZ

Der Hamburger lehrt Filmwissenschaft an der örtlichen Universität und gab im Verlag Sanssouci eine Anthologie komischer Lyrik heraus: „Lieber Gott, Du bist der Boß, Amen! Dein Rhinozeros“

GUDRUN MANGOLD

Die Autorin und Fernsehjournalistin erforscht die Kulturgeschichte der Kulinarik. Ihr Standardwerk „Most. Das Buch zu Apfel- und Birnenwein“ erschien im Silberburg Verlag.

MARLIS PRINZING

Befragt Mitmenschen für Porträts und live auf dem „Roten Sofa“, schreibt über Wissenschaft und wirkt mit am Europäischen Journalismus Observatorium Lugano.

ULRIKE STÖHRING

Leitet das „Farbklang-Atelier“ für Kinder und Jugendliche in Berlin-Mitte. Ihre Freizeit wird von einer durchsetzungsfähigen Katze bestimmt, die unter neun Gängen keine Ruhe gibt.

THOMAS VILGIS

Der Polymerforscher am Max-Planck-Institut in Mainz untersucht in seiner Freizeit Küchenphänomene. Seine Erkenntnisse sind in einem dicken Buch versammelt: „Die Molekülküche. Physik und Chemie des feinen Geschmacks“ (Hirzel Verlag).

RAYK WIELAND

Lebt als Gelegenheits-Kommunist in Hamburg und erforscht hier die Rauchentwicklung bei Zigarren gehobener Bauart. Zuletzt besprach er gemeinsam mit F.W. Bernstein und Wiglaf Droste eine CD mit Texten von Peter Hacks („Der Bär auf dem Försterball", Eulenspiegel Verlag).

URS WILLMANN

Ist Wissenschaftsredakteur der *Zeit*. Für seine letzte Recherche beim Hamburger Wochenblatt musste er lernen, im Notfall auf Eisbären zu schießen, kam aber heil zurück.

TOM WOLF

Trägt gern Fräcke (doktor-wolf.de) und Literaturpreise. Im Oktober erschien: „Goldblond. Verheerende Torheit“ (Berlin Krimi Verlag).

DIE ZEICHNER

BECK

Zeichnet unter anderem für die *Zeit*, *taz* und *natur+kosmos*. Auf schneeschnee.de sind unter anderem die schönen Tagescartoons des Leipzigers zu sehen.

F.W. BERNSTEIN

Der emeritierte Professor für Karikatur an der Berliner Hochschule der Künste zählt zu den besten Dichtern des Landes. „Die Gedichte" (Kunstmann Verlag) retten über jeden Winter.

FUNNY VAN DANNEN

Die Klassiker des Berliner Liedermachers heißen „Nana Mouskouri-Konzert", „Gutes tun", und „Uruguay". Soeben erschien seine neue CD „Authentic Trip" bei Trikont.

FIL

Zeichnet unter anderem für das Berliner Stadtmagazin *Zitty*, für *U-Comic* und *Titanic*. Darüber hinaus tritt er mit der verehrungswürdigsten Hai-Handpuppe aller Zeiten auf: Sharky.

ELEONORE GERHAHER

Obwohl sie so schöne Gurken zeichnen kann, verlangen die Verlage von der Berliner Illustratorin immer wieder Ponys. Zum Ausgleich versorgt sie sich mit Spezialitäten aus der Pferdemetzgerei.

GERHARD GLÜCK

Malt todesmutige Schnecken in Kassel, wo er auch lehrt. Seine Bilder erscheinen unter anderem im Magazin der *Neuen Zürcher Zeitung*, im *Eulenspiegel*, in *Cicero* und in der *Zeit*.

CHRISTOPH GREMMER

Arbeitet als Grafiker und Illustrator beim Bayerischen Fernsehen, illustrierte den Literaturalmanach „Phobi" und zeichnet für die wiederauferstandene *Pardon*.

GRESER & LENZ

Das Zeichnerduo arbeitet unter anderem für die *Frankfurter Allgemeine Zeitung* und hat sich vor kurzem in Aschaffenburg beziehungsweise im dortigen Wirtshaus „Schlappeseppel“ niedergelassen.

SYBILLE HEIN

Lebt in Berlin. Zu den mannigfaltigen Talenten der Zeichnerin zählt die Fähigkeit, vorgelesenene Geschichten zeitgleich und vor Publikum zu illustrieren.

RUDI HURZLMEIER

Der Erfinder des Hirschgeweihautomobils lebt in München. Im Herbst veröffentlichte er mit Hans Zippert das Bilderbuch „So wird man Löwe“ (Kein & Aber).

JAMIRI

Zeichnet für „Spiegel online“ und *Unicum*. In seinen Comics treten einige Bewohner Essens auf – darunter auch Häuptling-Autor Frank David. Zuletzt erschien „Pornorama“ (Uni-Editon).

ERNST KAHL

Kann alles: Er ist Hamburger, Maler, Sänger, Drehbuchautor, Dichter, Ehegatte und Hauszeichner des *Feinschmecker*. Just erschien „Das letzte Bestarium Perversum“ (Kein & Aber).

KRIKI

Seit einer Lehre in Solingen schnippelt der Kollagist und Kartoonist unter anderem für die *taz*, *FAZ* und *zitty*. Den schönsten Toastbrotwitz enthält „Im Reich der Schnitte“ (Edition Nautilus).

NICOLAS MAHLER

Der Wiener arbeitet unter anderem für den *Standard* sowie *Strapazin* und ist Befürworter der Ein-Gang-Nahrungsaufnahme. Sein neues Buch, „Das Unbehagen“, erschien bei der Edition Moderne.

TIL METTE

Bebildert wöchentlich den *Stern*. Er hilft außerdem zwei sehr jungen Menschen beim Heranwachsen und erledigt das alles bravourös auf der anderen Seite des großen Teiches.

OL

Zeichnet in Berlin für die *Zeit*, die *Berliner Zeitung* und seine Homepage. Sein besonders schön geformtes, vierfarbig gedrucktes Buch „Königsberger Klopse“ (Eulenspiegel Verlag) enthält ein nützliches Rezept.

BERND PFARR

Entwickelte die berühmte Figur „Sondermann“, ließ Gott einen kleinen Kauz sein, brachte Sprengstoff in immer größeren Tonnen in seinen Bildern unter und ist nach wie vor unersetzlich.

ARI PLIKAT

Der Dortmunder veröffentlicht unter anderem in *Titanic*, *Eulenspiegel*, *taz* und *Italien*. Zuletzt erschien „So sehe ich aus, wenn ich schlafe – hätten Sie Lust?“ (Lappan Verlag)

RATTELSCHNECK

Ist eine Künstlergruppe, für den Häuptling allerdings allein ihr Mitglied Marcus Weimer. Seiner Zeichnung „Häuptling eigener Herd“, die einen schneidersitzenden Indianer auf geöffneter Ofenklappe zeigt, verdankt diese Zeitschrift ihren Namen.

STEPHAN RÜRUP

Lebt in Münster und Frankfurt, zeichnet und redigiert für die Satirezeitschrift *Titanic* und legte sich deshalb auch mehrere Bärte zu. Im Lappan-Verlag erschien „Neustart klingt so unpersönlich“.

TOM

Erzählt seit 1991 an sechs Tagen in der Woche eine Geschichte in drei Bildern – auf der „Wahrheit“-Seite der *taz*. Wie er das und noch viel mehr schafft, bleibt ein Rätsel. Die letzten 500 (von nunmehr über 4000) Strips dieser Reihe veröffentlichte er im Achterbahn Verlag.

F.K. WAECHTER

Sorgte mit Band 10 für den besten Häuptling aller Zeiten und hat bewirkt, dass hierzulande immer „Käsekuchen, Käsekuchen, Käsekuchen!“ gebacken werden wird. Der Nachruf des Seniorherausgebers auf ihn steht auf Seite 103.

ANNA ZIMMERMANN

Die Berliner Froschfreundin kann Kalauerringe aus Fimo basteln und Filzhühner im Filzbräter nähen (zu sehen in der Caricatura). Zuletzt illustrierte sie „Schöne Bescherung für den Weihnachtsmann“ von Daniela Heß (Patmos Verlag)

EDITION VINCENT KLINK

BISHERIGE AUSGABEN

Band 1 Illustriert von Rattelschneck
Band 2 Illustriert von F. W. Bernstein
Band 3 & 4 Illustriert von TOM
Band 5 Illustriert von Anna Zimmermann
Band 6 Illustriert von Greser und Lenz
Band 7 Illustriert von Jamiri
Band 8 Illustriert von Rudi Hurzlmeier
Band 9 Illustriert von Ernst Kahl
Band 10 Illustriert von F. K. Waechter
Band 11 Illustriert von Bernd Pfarr
Band 12 Illustriert von Kriki
Band 13 Illustriert von OL
Band 14 Illustriert von Funny van Dannen
Band 15 Illustriert von Beck
Band 16 Illustriert von Fil
Band 17 Illustriert von Sybille Hein
Band 18 Illustriert von Ari Plikat
Band 19 Illustriert von Christoph Gremmer
Band 20 Illustriert von Stephan Rürup
Band 21 Illustriert von Til Mette
Band 22 Illustriert von Nicolas Mahler
Band 23 Illustriert von Gerhard Glück
Band 24 Illustriert von Eleonore Gerhaher

Journal Culinaire
Wissenschaft und Kultur des Essens

Band 1
Schwerpunkt-Thema Tischsitten

14,90 Euro

ISBN 3-927350-82-6

Gängster Kochbuch
von Vincent Klink und Pepe Danquart
mit Filmfotos (Duotondruck), Drehbuchauszügen, 85 Rezepten und jeder Menge Text zu Küche und Esskultur von V. Klink.

Küchentaugliche Spiralbindung, 240 Seiten, Großformat 17 x 30 cm, 29,90 Euro

ISBN 3-927350-75-3

IMPRESSUM

Häuptling Eigener Herd

Herausgegeben von Wiglaf Droste und Vincent Klink
Heft 25, Dezember 2005, ISBN: 3-927350-23-0
Internet: www.haeuptling-eigener-herd.de

GERICHTSSTAND
Timbuktu. Es gilt lusitanisches und minoisches Recht
(Mutterrecht und Blutrache)

HINWEIS ZUR RECHTSCHREIBUNG
Herausgeber und Redaktion sehen sich außerstande / außer Stande, ihre Autoren mit Rechtschreibregeln von erschütternder Vorläufigkeit zu behelligen. Die Texte im Häuptling Eigener Herd erscheinen deshalb al gusto.

GESTALTUNG
Urs Schwerzmann

REDAKTION
Carola Rönneburg, Ratiborstraße 4, 10999 Berlin E-Mail:
roenneburg@haeuptling-eigener-herd.de

RETTUNGSDIENST
Dieter Grönling, Michael Ringel und Gabi v. Thun

SCANS
EDVANTAGE New Marketing, Augsburg

DRUCK
MaroDruck, Augsburg

WEBSITE-BETREUUNG
Ludwig Lang

DAS EINZELHEFT KOSTET
Euro 14,90 / sFr 24,– (plus 2 Euro Versandkosten)

DAS ABO FÜR VIER EINZELAUSGABEN KOSTET
Euro 54,– / sFr 88,– (inklusive Verpackung und Versand)

EINZEL-UND ABO-BESTELLUNGEN BITTE AN:
BuchGourmet, Herrn Dieter K. Eckel
Hohenzollernring 16-18, 50672 Köln
Telefon (0221) 2 57 40 72, Telefax (0221) 25 53 05
E-Mail: shop@buchgourmet.com

BESTELLADRESSE FÜR DEN BUCHHANDEL:
MaroVerlag
Zirbelstr. 57a, 86154 Augsburg
Telefon (0821) 41 60 34, Telefax (0821) 41 60 36
E-Mail: haeuptling@maroverlag.de